Wolfgang de Bruyn

# VARIANTEN EINES LEBENS

Erzählungen
über fünf Frauen

Aufbau-Verlag

1. Auflage 1988

Einbandgestaltung Christiane Treder
Typographie Kristina Niklaus
Karl-Marx-Werk, Graphischer Großbetrieb, Pößneck V 15/30
Lizenznummer 301. 120/9/88
Bestellnummer 613 724 8
00760

ISBN 3-351-01174-1

*Für C.*

# Lotta

Lotta ließ den Wecker klingeln, bis sie das Murren ihres Mannes neben sich hörte. Sie stand auf, schob das geblümte Nachthemd über Oberschenkel und Knie hinunter, fand am Fußende des Ehebettes ihre Hausschuhe und ging in die Küche. Bevor sie die Kaffeemaschine in Gang setzte, schaltete sie das Radio ein. Die Fünf-Uhr-Nachrichten waren gerade vorbei, und der Verkehrsservice warnte vor Staus, Umleitungen und ausgefallenen Ampelanlagen. Sie nahm einen der Kaffeetöpfe vom Bord über der Sitzecke und schüttete Zucker und Kondensmilch mit einer abfällig-sicheren Handbewegung hinein, bestrich drei Toastscheiben mit Butter und holte aus dem Kühlschrank Wurst und Käse, um Brote zu schmieren. Pergamentpapier, notierte sie auf dem Merkzettel an der Wand. Sie mußte an die Wörter und Bilder denken, die sie ihrem Mann mit grellrotem Filzstift auf die Stullenpakete gemalt hatte, damals, als er noch studierte und sie mit dem ersten Kind zu Hause war. Doch er hatte ihre Zeichen nicht deuten wollen, sich hinter Studienaufträgen, Parteiversammlungen und GST-Einsätzen verschanzt. In der ersten Woche seines Praktikums im Ministerium mußte sich jemand über die liebevolle Verpackung lustig gemacht haben, denn er fing an, sich in der Kantine Brötchen zu kaufen.

Der Kommentator im Radio sprach von der

Verbesserung des Schnittblumenaufkommens im IV. Quartal. Lotta lachte müde auf und drückte die Vorwahltasten, bis sie den Werbefunk gefunden hatte. Der Reklamespot für Papierwindeln übertönte das Zischen der Kaffeemaschine. Lotta ging ins Schlafzimmer zurück und schaltete mit einem kurzen Druck den Kristallüster ein. No milk today. Der Oldie des Monats hatte sie eingeholt. Sie nahm saubere Wäsche aus dem Schrank ihres Mannes, ein Päckchen Papiertaschentücher, den zum Hemd passenden Schlips. Die Sachen legte sie auf die Frisierkommode und schaute in ein Gesicht, das noch die Spuren des Abendkrimis trug. In die Zeitansage hinein war das Summen des Rasierapparates zu hören. Zögernd blieb sie einen Augenblick stehen und schien durch ihr Spiegelbild hindurchzusehen. Du mußt gleich los, rief sie zum Bad hinüber, um ihn zur Eile anzutreiben. Sie schüttelte die Daunendekken auf und schlug sie zurück. Den Griff hätte er längst mal auswechseln können, dachte sie, schob den abgebrochenen Hebel mühsam nach unten und öffnete das Fenster. Die Luft roch stark nach Benzin. Den Fenstersims könnte man jeden Tag abwischen. Sie fuhr mit dem Finger über den kühlen Beton. Aber wir haben's jetzt wirklich schön. War auch 'ne Plackerei mit den AWG-Stunden. Und die Sonnabende, die draufgegangen sind. Da mußte der Garten einfach liegenbleiben. Peter hätte es ruhig mal versuchen sollen, dem Mann in der Baubude was rüberzuschieben.

Vor den rekonstruierten Häusern auf der gegenüberliegenden Seite der Ausfallstraße luden Arbeiter

Bauschutt auf einen Kipper. Das Flimmern des Getränke-Centre wurde von der gelben Rundumleuchte eines Schwertransporters aufgesogen.

Er müßte jetzt fertig sein, dachte sie. Papiere, Schlüssel, der Faltbeutel für das Flaschenbier. Das warme Abendbrot wie gewohnt. Weder Versammlungsmontag, Bereitschaft, Kampfgruppeneinsatz noch drängende Termine wegen irgendwelcher Vorlagen, die Überstunden bedeuteten. Auch keine Geburtstage oder andere Festlichkeiten, dies wäre das einzige, was sie rechtzeitig erfahren hätte. Schließlich besorgte sie die Blumen.

Nun müßte er wirklich los. Der Wagen brauchte immer seine Zeit zum Anspringen. Oder hatte sie ihn hier am Fenster nicht gehört? Das Zeitzeichen zog sie in den Flur zurück. Sie öffnete die Kinderzimmertür spaltbreit. Noch zehn Minuten.

Das erzielte S-Bahn-Abkommen beweise ernsthafte Kooperationsbereitschaft. Weitere Teilstrecken würden in Kürze wieder in Betrieb genommen, sagte der Nachrichtensprecher. Der Reise- und Besucherverkehr über den Bahnhof Friedrichstraße erfolge jedoch wie bisher.

Sie verlassen jetzt den demokratischen Sektor von Berlin ... An der Hand ihrer Mutter war sie mit knapp zehn Jahren durch die Warenhäuser gehetzt. Sommerschlußverkauf. Winterschlußverkauf. Die überladene Obstschale bei Onkel Richard. Vor dem Geschäft neben seinem Haus an Ständern und Leinen Petticoats. Wenn sie Glück hatte, fiel beim Kaugummiautomaten an der Ecke ein Ring oder ein Anhänger mit heraus. Apfelsinenduft in der Vorhalle des S-Bahnhofs Neukölln. Am Bahnsteigkiosk vom Restgeld des Onkels ein Zwei-Pfennig-Sahnebonbon. Auf der Rückfahrt überfüllte Abteile. Kontrollen. Mahnende Mutterworte.

Lotta ging seufzend ins Bad. Sie zog das Nachthemd aus und betrachtete ihre Arme im Spiegel. Die Schrammen von der Rosenernte sahen unter dem Neonlicht Kopierstiftstrichen ähnlich.

Die okkasionelle Irritation oberhalb des rechten Sehwerkzeuges tangiert mich nur peripher. Sie lächelte über die Albernheiten der Lehrlinge. Wie sie sich immer wieder Duden und Zeitungsdeutsch entzogen. Sie konnte da nicht mithalten. Die neuen Leiden aber waren die alten geblieben, oder ging es vielleicht doch um mehr als echte Jeans?

Dicht vor dem Spiegel, mit leicht zusammengekniffenen Augen, betrachtete sie ihre großporige Haut. Wie hatte sie sich früher über die roten, brennenden Flecken im Gesicht geärgert, die von Peters borstigen Barthaaren kamen. Doch das war nicht der Grund gewesen, weshalb er eines Tages wieder mit nacktem Kinn vor ihr stand. Das ist dort nicht erwünscht, hatte er auf ihre Hänseleien gekränkt geantwortet. Die Folge waren Wunden an Wange und Hals. Ihr Geschenk: ein Elektrorasierer. Trockene Haut löste die Schnitte ab. Flüchtiges Lippenstreifen die Küsse als Willkommens- und Abschiedsgruß. Lotta pustete die gehäckselten Barthaare vom Bekkenrand und ließ Waschwasser ein.

Die wenigen Minuten morgens im Bad gehörten ihr allein. Sie machte dabei keinerlei Zugeständnisse. Dafür sorgte der vorgeschobene Riegel an der

Tür, schief und mit zu großen Schrauben von ihr angebracht. Die Gereiztheit über unverhoffte Belästigungen durch die Kinder hatte er ihr aber bisher nicht genommen. Manchmal störte sie sogar das Rasierwasser auf der Konsole unter dem Spiegel. Nicht nur, weil diese Flasche die Einfallslosigkeit ihrer Geschenkvorschläge an die Kinder demonstrierte. Jaqueline und Yvonne. Damals kamen gerade französische Namen in Mode. Doch ihr eigener war auch nicht zu verachten: Lotta. Mit leicht gespitzten Lippen sprach sie ihn vor dem Spiegel. Der hatte mit Lotte, Lieselotte, Lottchen oder der Charlotte überhaupt nichts zu tun. Ihr war, als hätte sie ihn sich selbst gegeben. Und wer sagte das schon von seinem Namen. Hänseleien vom Lottabett, Lottaleben oder Peters Lottawirtschaft machten ihr gar nichts. Was die Kinder sicher von ihr hatten, war ihre Kurzsichtigkeit. Lottas Nase berührte fast den Spiegel. Sie konnte nie richtig erkennen, ob die dunklen Punkte kurz über den Augenbrauen Haaransätze oder Mitesser waren. Ja, das hatte sie sich oft gewünscht. Viel mehr als alles andere. Seit Jahren hatte sie ihn nicht mehr darum gebeten, ihren Körper nach Pickeln und diesen schwarzbraunen Tupfen abzusuchen, die bei leichtem Druck fest und dick heraussprangen, sich endlos schlängelten. Sie brauchte nicht sein Gesicht zu sehen, um den Widerwillen zu spüren. Lotta wischte den beschlagenen Spiegel ab. Warum hat er mich eigentlich genommen? Herausfordernd drehte sie sich ins Profil. Aber die Frage war eher dumpfe Befürchtung als Koketterie. Immer häufiger überkam sie das Gefühl, in einem wohldurchdachten Plan verwendet worden zu sein, in den sie, zwölf Jahre lang und aus triftigen Gründen, nicht eingeweiht worden war. Ihr dicker Bauch im letzten Abiturjahr nur überzogenes Sicherungsbedürfnis? Damals hätte sie ihm jede Unüberlegtheit verziehen. Das Schlimme war nur – Unüberlegtheiten hatte es nie bei ihm gegeben.

Wir freuen uns, Ihnen mitteilen zu können, daß Sie als Sieger des Berliner Bezirksausscheides von Ihrem Lehrbetrieb in der Fachrichtung Blumenbinder zur Lehrlingsspartakiade der sozialistischen Landwirtschaft der DDR delegiert werden.

Nie mehr hatte sie solchen Ehrgeiz entwickelt, sich durch Rentabilitätskennziffern, Vergütungsformen im sozialistischen Gartenbau, die Preisliste für Zierpflanzen hindurchgearbeitet. Im politisch-ökonomischen Gespräch hatte sie auf den Ratschlag ihrer Lehrausbilderin gehört und die betrieblichen Wunschvorstellungen als Realität ausgegeben. Ähnlich ging sie bei der schriftlichen Arbeit vor. Während der praktischen Prüfung inmitten von Gerbera, Asparagus plumosus, Schleifen, Kreppapier und Losungen zum Jahrestag konnte sie bereits wieder an Peter denken, der zwei Gewächshäuser weiter Chrysanthemen ausgeizte. Bei ihm wunderte sie sich nicht, aber auch sie hatte es geschafft: Als beste Blumenbinderin Berlins durfte sie mit einem Schäfer, Rinderzüchter, Baumschulisten, Gemüsefachmann, vor allem jedoch mit dem Zierpflanzengärtner Peter nach Leipzig fahren. Ihr Patchwork-Jeansrock war gerade noch fertig geworden. Aus den Resten zweier abgetragener Levi's hatte sie sich ein

Ersatzteillager angelegt. Schlitz- und Bundknöpfe, Gesäßtaschen, Gürtelschlaufen, das rote Markenzeichen. Der Rock ging knapp über den Po, und es kam ganz darauf an, wie sie sich bückte. Für die Mädchen aus der Republik mit ihren Steg- und Stoffhosen hatte sie nicht mal ein verständnisvolles Lächeln übrig.

Lotta nahm den Deo-Roller und führte ihn unter die Achseln. Die Flüssigkeit war kalt und klebrig. Sie fand, daß sie fröstelnd viel besser aussah. Langsam beschrieb sie Kreise. Um ihre Brüste, den Bauchnabel. Der Roller hinterließ eine pergamentene Spur auf der Haut. Wie die getrockneten Schleimfäden der Schnecken, dachte sie. Das Scherbenglück meiner zerbrochenen 8er Töpfe war der Grundstein für Peters Studium. Für den Ball auf der Agra, die Pressefotos, hatte sich der beste Zierpflanzenlehrling der DDR in Leipzig noch eine neue Hose gekauft. Die Schlafquartiere in der Halle im Ringmessehaus waren durch zwei Meter hohe Hartfaserwände getrennt. Sie wußte nicht mehr, wo sie miteinander gelegen hatten. Manchmal jedoch glaubte sie, jene flüchtige Gehetztheit auf Jaquelines Gesicht wiederzuentdecken. Diese ewigen, fruchtlosen Ermahnungen, zu denen sie sich genötigt sah, wenn Jaqueline stundenlang vor dem Spiegel stand. Mal waren es die Glitzersteine, die noch im Plüschpulli fehlten, ein andermal die Haare, die sich seidig weich jeglicher Formgebung entzogen. Jaquelines Bewegungen hatten eine unschuldige Eleganz, eine rührende Sicherheit, die Lottas Stimme oft barsch werden ließ. Sie verlangte keine Dankbarkeit, nein, aber schließlich war es Jaqueline, die sie damals im Bauch hatte. Dick und sich selber immer fremder werdend, hatte sie in einer Schulhofecke gestanden und auf Peter gewartet. Irgend etwas war ihr dabei verlorengegangen. Nicht nur der Mut, einen kirschroten Filzmund auf ihrer Hose zu tragen. Manchmal war sie auch stolz gewesen, wenn andere Mädchen sie baten, ihre Hände auf ihren Bauch legen zu dürfen. Doch im gleichen Moment wußte sie, sie gehörte jetzt nicht mehr dazu. Und mit Tränen kindlichen Neids in den Augen verfolgte sie das ausgelassene Schulhoftreiben. Erst das Stundenklingeln erlöste sie von dem Gefühl, mit den ruckenden Bewegungen in ihr unablässig älter zu werden.

Das heißt nicht, daß ich sie nicht lieb habe, dachte sie, beide. Yvonne war ihr irgendwie näher, aber sie hoffte, sie hatte es nie spüren lassen. Wenn sie, wie heute, zusammen aus dem Haus gingen, sah sie ihnen gerne nach. Früher hatten sie sich bei der Hand genommen. Aber auch Yvonne hatte Jaquelines Widerwillen gespürt. Die ungeschriebenen Regeln von Klassen-, Gruppen- und Altersordnungen wurden stumm akzeptiert.

Lotta ging zur Straßenbahn. In ihrem Rücken spürte sie die Blicke des Verkehrspolizisten, der die Passanten an der Ampelkreuzung beobachtete und sie zwang, die Straßenbahn wegfahren zu lassen. Wie oft hatte sie sich gewünscht, sie sollten rotes Licht und Ordnungshüter ignorieren und geschlossen zur Haltestelleninsel gehen. Aber es waren nur einzelne, die sich lösten, verschlafen und nichtsahnend, selten aus trotzigem Übermut.

Lotta zahlte. Die Fahrscheinbox war leer, und sie drängelte sich zur anderen Seite des Wagens durch. Sie nahm sich immer aufs neue vor, ruhig zu bleiben. Schließlich hatte sie es abgelehnt, das Auto zu benutzen, obwohl sie die Fahrerlaubnis besaß. Auf jeden Fall war das Peters Argument, wenn sie sich abends beschwerte. Überhaupt schien er nie richtig hinzuhören. Wenn er gute Laune hatte, gab er sich Mühe, wenigstens den Eindruck zu erwecken. Wie er dann den Arm um sie legte und wohlwollend fragte ..., sie konnte das nicht ausstehen. Lotta machte einem Kinderwagen Platz. Komisch. Sie beschwichtigte sich immer mit Zürich. Mit warmen, einladenden Cafés, Straßen und Plätzen, von denen man die schneebedeckten Berge sehen konnte. Sie wußte selbst nicht, wie sie darauf gekommen war, aber für sie stand fest, sie wären nach Zürich gegangen. Nicht nach Genf, Wien oder in irgendeine andere Stadt, in der internationale Organisationen ihren Sitz hatten. Noch bevor etwas entschieden war, hatte sie die eine Bedingung gestellt: Die Kinder müssen mit.

Das Internat lag in einer Kleinstadt im S-Bahn-Bereich. Zu einem Besuch dort konnte Peter sie noch überreden. Doch hatte sie sich vorher umgehört, nicht, um sich zu entscheiden, sondern um bessere Argumente zu haben. Die Zimmer des Internats waren zwar nicht nach den diplomatischen Rängen der Väter eingerichtet, aber die Einsatzorte der Eltern waren deutlich zu erkennen, auch an der Kleidung der Kinder.

Lotta half der Frau mit dem Kinderwagen beim

Aussteigen. So lange war es nun auch nicht her, daß sie selbst Hilfe brauchte. Die Leute hatten sich da nicht geändert. Sie hatte Peters Reisekaderlaufbahn verbaut, die langfristige jedenfalls. Kurzreisen zählten bei ihm bereits nicht mehr. Sie wußte, sie hatte sich richtig entschieden, was zeitweiligen Groll nicht ausschloß. Aus seinen einsilbigen Berichten war dann Zürich geworden, ein Ort, der weder mit der Schweiz noch mit der tatsächlich existierenden Stadt etwas gemein hatte; trotz des Bildbandes, den sie sich ausgeliehen, und den gelegentlichen Berichten in der Zeitung. Heute war sie darauf jedoch nicht angewiesen. Sie würde am Nachmittag nach den Dekorierungsarbeiten in der Patenoberschule noch genug Zeit haben, um in die Stadt zu fahren. – Die Leute aus den umliegenden Kreisen sagten Stadt, und es war völlig klar, wohin sie fahren würden. Aus den Neubaugebieten mußte man in die Stadt zur Arbeit. Vom Zentrum sprachen nur Zugezogene und Touristen. Auch ihre Mutter fuhr von Lichtenberg in die Stadt zum Bummeln oder Streuseln, wie sie es nannte, aber nach Westberlin zum Winterschlußverkauf.

Lotta stieg eine Station früher aus, um beim Bäkker vorbeizugehen. Sie hatte das freiwillig übernommen und durfte dafür eine halbe Stunde später kommen. Der Schonplatz in der Vermarktung hatte eben doch noch sein Gutes gehabt. Als sie in der Dekorationsabteilung zeitweilig jemanden für den Außendienst brauchten, hatte sie sofort zugestimmt. Schließlich war sie gelernte Blumenbinderin und nur wegen des besseren Verdienstes in die Rosen gegangen. Sie blieb stehen, um sich den Rock runterzuziehen, der sich am Mantelfutter hochgeschoben hatte. Ja, sie würde in die Stadt fahren. Vor zwei Jahren hatte sie beschlossen, daß sie sich nun auch etwas leisten müßte. Zuerst war es mehr Trotz gewesen, aber dann wurde es zunehmend ein Bedürfnis. Peter hatte von einer Dienstreise nach Jugoslawien einen, wie er es bezeichnete, einbruchsicheren Diplomatenkoffer mitgebracht, ein amerikanisches Patent, in schwarze Folie eingeschweißt. Ihr kam das albern vor. Sie hörte aber geduldig seinen Erklärungen zu und fand bei der Vorführung des Zahlenschlosses sogar ein paar bewundernde Worte. Als Peter den Preis nannte, schluckte sie nur. Sie dachte an die verstellbare Kopfstütze aus Nappaleder, das neue tape deck mit micro mixing, das heiliggesprochene Autokonto und seine fast schon mißtrauisch machende Unerfahrenheit in Haushaltsdingen. Da hatte sie ebenfalls angefangen zu sparen und mit den ersten vom Haushaltsgeld abgeknapsten fünfzig Mark in der Stadt ein Konto eröffnet. Sie wollte das Geld da haben, wo sie es brauchte, in der Nähe der großen Schuhsalons und Modeboutiquen. Sie war in eines der vornehmeren Cafés gegangen, hatte sich einen Cocktail bestellt, der teuer war, dafür aber aufregend exotisch klang, und entschieden, ihre künftigen Prämien, Zuschläge und Jahresendvergütungen nicht mehr dem täglichen Lebensmitteleinkauf zu opfern. Mit Schuhen hatte sie angefangen, sich ihre Erklärungen von herabgesetzten Preisen, günstigen Tauschgeschäften mit Kolleginnen und anderen einmaligen Angeboten Wort für Wort zurechtgelegt.

Allerdings waren zu ihrer großen Enttäuschung die Ausreden überflüssig. Peter hatte nie etwas bemerkt, und sie wollte es nun mit großflächigeren Kleidungsstücken versuchen. Außerdem hatte sie es satt, die abgelegten Sachen ihrer Schwester zu tragen. Was die sich einbildete. In der Gärtnerei fand sich zwar immer jemand, der dies und jenes gebrauchen konnte, aber die erwarteten Dankesbriefe waren ihr schon lange über.

Lotta ging am Milchhof vorbei. Ehe sie mit dem Barkas zur Schule fuhren, würde sie schnell noch die bestellten Rosensträuße abgeben. Bisher hatte sich das immer ausgezahlt. Und wenn es der mit beschädigten Joghurtbechern vollgestopfte Marmeladeneimer war, der zweimal in der Woche beim Pförtner bereitstand.

Vor dem Tor des Gartenbaubetriebes fuhr eine Gütertaxe an Lotta vorbei. Die Fahrerin grüßte flüchtig. Die Taxe war frisch gespritzt, und auf der Plane stand in großen schwarzen Buchstaben »Nah- und Ferntransporte«. Wie lange macht sie das schon, dachte Lotta. Als sie damals das erste Mal beim Aufladen half, glaubte sie eine andächtige Sorgfalt zu bemerken, neue Kisten und weicheres Packpapier. Seit sie wußte, daß die »Petersilienkutsche«, die längst auch Warmhauspflanzen, blühende Syringa- und Prunuszweige und Champignons lud, die Fuhre nach Westberlin war, hatte sie versucht, mit Frau Dipust ins Gespräch zu kommen. Ohne Erfolg allerdings. Nicht mal ein verstecktes Lächeln oder ein Glänzen in ihren Augen hatte Lotta wahrgenommen. Sie hätte genausogut zur Markthalle fahren können, zur Baustoffversorgung oder in ein x-beliebiges Blumengeschäft.

Nach dem Frühstück geht's los, rief ihr Ingrid vom Verbinder aus zu. Lotta ging zum Sozialgebäude. Sie würde nur ihren Kittel nehmen. Schalen und Polystyrolkästen waren sauber. Viel zu tun gab es ohnehin nicht. Aber die alten Schulen hatten wenigstens noch eine Aula, ein Podium machte sich optisch immer gut. Wenn es die übliche Feierstunde war, würden sie warten und gleich danach wieder abräumen. Vielleicht hätte sie damals doch auf ihrer Strecke bleiben sollen. Eine Spezialisierung wäre möglich gewesen. Mußte ja nicht gerade Ikebana sein. Mit dem Palast kam das Dienstleistungsgeschäft erst richtig in Schwung. Nicht zu vergessen die Blumenboutiquen. Sie kannte da eine, in der je nach Angebot und Tagesabsatz die Preise in Valuta oder Mark berechnet wurden. Den Tip gab sie Peter immer, wenn sie keine Lust hatte, sich zum dritten Mal in einer Woche mit zwei Blumensträußen unterm Arm in die überfüllte Straßenbahn zu zwängen.

Lotta hängte die gereinigte Wattejacke in den Garderobenschrank und ging in die Kantine. In einem Fleurop-Geschäft hätte sie anfangen sollen, ihr Brautstrauß wäre dann anders gewesen. Wiesenblumen hatte sie sich gewünscht, bestenfalls noch irgendwas in Biedermeier. Nelken waren es schließlich, ganz gewöhnliche Arthur Sim. Rosen hätte man wenigstens trocknen und aufheben können. Doch sie wollte nicht ungerecht sein, Peters Hochzeitsgeschenk war ihre Reise nach Prag gewesen. Vom Hotelzimmer sah man auf den Wenzelsplatz hinunter.

Neben ihrem Fenster blinkte abends eine riesige Cinzano-Flasche und warf grellbunte Neonstreifen auf die Markisen eines Boulevard-Cafés. Wie lange hatte sie von diesen fünf Tagen gezehrt. Aber ewig hielt das nicht vor. Sie waren danach nie mehr zusammen weggefahren, von Verwandtenbesuchen abgesehen. Wenigstens im Urlaub wollte Peter vom Reisen verschont bleiben. Bis in den Garten, weiter war er nicht zu bewegen.

Die technologischen Angaben zum Edelnelkenanbau unter Glas konnte er wie ein Gedicht herbeten. – Pflanzung in ein gedämpftes Torfmull-Gurkenerdesubstrat mit Borkenanteilen, Pflanzabstand sechzehn mal sechzehn Zentimeter bei Anderthalbjahreskultur, das Stecken der Nelkenstühle ... Zwei Jahre lang. Sie hatte von ihm genug darüber zu hören bekommen. Zierpflanzengärtner – selbst Peter nannte das Hochstapelei. Nelkenspezialist war bereits übertrieben. Feder-, Land-, Remontant-, Chabaud-, Karthäusernelke. Nichts wußte er davon. Natürlich, die Bankbeete mußten mit Falisan desinfiziert werden. Manchmal schien es ihr, Peter hatte sogar seine Unkenntnis zielbewußt eingesetzt. Lernaktivleiter. FDJ-Kontrollposten. Jugendobjektverantwortlicher. Drei Hektar unter Glas mit einem Anlagenwert von mehreren Millionen. Die Studienbewerbung war nur Formsache. Grundwehrdienst acht Wochen irgendwann nach dem vierten Semester. Dieses Thema mied er. Genau wie den Wechsel zum Außenhandel. Er hätte sich das plötzlich überlegt, das konnte er anderen weismachen. Sie wußte, wer dahintersteckte.

Die aus den Nelken fehlten noch, kamen wohl mit dem Verspannen nicht zurecht. Lotta trank ihren Kaffee aus. Die Sandek am Nebentisch gab den Frauentagsscherz zum besten, als wär's gestern passiert. Mußte vor der Neuen wieder aufschneiden. Immerhin war's eine freche Sache. Die jungen Dinger in der Finanzbuchhaltung waren aber auch unmöglich. Wenn man den Tag über Mist fuhr, taten die, als hätte man die Krätze. Das Geld stimmte nie, aber sagte einer was, waren die Damen beleidigt. Die Calla in ihrem Gesteck hatten sie erst während der Rede des Hauptbuchhalters entdeckt.

Wenn das noch ein Jahr hängt, wechsele ich mein Foto aus, dachte Lotta, als sie an der Wandtafel vorbeikam. – »Die Besten im achtziger Schrittmaß« – Wie gesetzt sie mit dieser Frisur aussah, wie bewußt und leistungsbetont. Fehlte nur noch der Spruch, und fertig war das Wahlplakat. Sie würde ein anderes Foto heraussuchen, eins, auf dem wirklich was von ihr zu sehen war. Lotta betrachtete sich. Mit einer schnellen Bewegung, als wollte sie etwas wegwischen, suchte sie ihren Cremestift in der Kitteltasche. Ihre Lippen kamen ihr heute besonders spröde vor. Sie würde am Wochenende die Fotoalben durchsehen. Peter könnte eine Ausschnittvergrößerung machen …, aber wie oft hatte sie ihn darum gebeten, die Bilder wieder mal selbst zu entwickeln. Sie war ja froh, wenn er überhaupt fotografierte. Lotta hörte hinter sich lautes Lachen und ging wie erleichtert zu den Tischen zurück.

Ob sie mit ins Moos kommen würde, natürlich würde sie, gar keine Frage. Peter konnte sich auch mal um die Kinder kümmern. Sie freute sich jedes Jahr auf die Tour. Trotz der Benzinknappheit holte sie Paul, der Fahrer, mit dem Barkas zu Hause ab. Dafür brachten aber auch alle was zu Essen mit. In letzter Zeit artete das aus. Da versuchte jeder den anderen zu überbieten. Angefangen mit Salaten, selbstgebackenen Broten, eingelegten Pilzen bis zu Hausfruchtweinen und mit Sprit angesetzten Likören. Zum Aufwärmen, wie sie es nannten.

Außer Paul wußte wahrscheinlich keiner genau, wo sie hinfuhren. Aber das war ganz gleich. Vielleicht sogar beabsichtigt. Sie konnte nur sagen, daß mit der ersten Musik aus Gerdas Recorder das Lachen, Necken, Essen und Trinken anfing, unterbrochen vom Sammeln der Mooskissen in Elbufernähe. Dann hielt der Wagen mit einem ernüchternden Ruck ein zweites Mal, und sie sahen sich nach Bucheckern und Baumpilzen um. Die Landschaft erschien ihnen parkähnlich, und Paul ermahnte sie, etwas leiser zu sein. Die Weymouthszapfen waren harzig, aber Lotta mochte sie lieber als die weihnachtlich glatten Tannenzapfen oder die Kienäpfel der Schwarzkiefer, die ihr in ihrer abnormen Größe wie das Produkt eines krankhaft ehrgeizigen Züchters vorkamen.

Sie hatten Paul nie gefragt, ob er diese Ausflüge ebenfalls mochte. Für ihn sprang eigentlich nichts raus. Mit den Kränzen und Gestecken zum Totensonntag war gutes Geld zu machen. Das hatte den Betriebsteil schon oft aus den roten Zahlen gerissen, in letzter Minute sozusagen. Der Erlös wurde irgendwie auf andere Kostenstellen umgeschlagen.

Mußte nicht unbedingt jeder merken, daß ihnen die Toten bei der Planerfüllung halfen. Aber der Paul ... Auf dem Nachhauseweg schien er schneller zu fahren und mit jedem, den er wohlbehalten wieder ablieferte, fröhlicher zu werden. Ihr gefiel der verträumte Ausdruck, den er hatte. Er mußte so um die vierzig sein. Richtig reden hatte sie ihn noch nie hören. Gegen sechs beschwipste Weiber kam er natürlich auch nicht an. – Wie Peter dann tat. Als ob sie Luft wäre. Sein gequältes Gesicht von all den schlimmen Dingen, die passiert waren und die er hatte machen müssen. Dabei brauchte er das Mittagessen nur aufzuwärmen. Für die Volkssolidarität hatten sie gesammelt, und er wußte nicht, was er geben sollte. Die Nachbarin wollte anrufen und hatte ihn mit ihrem Geschwätz stundenlang aufgehalten. Und dann wäre zu allem Unglück noch ihre Mutter vorbeigekommen, um, wie sie sagte, nach dem Rechten zu sehen.

Sie hatte es längst aufgegeben, ihn aufzumuntern. Trotzig saß er bis Sendeschluß vor dem Fernseher. Wenn sie ihm absichtlich zu nahe kam, verzog er vor ihrer Fahne das Gesicht. Bewundernswert, wie er das durchhielt. Trotzdem konnte er ihr nichts vormachen. Sie wußte, was er brauchte. Aber wenn er sie dann gelangweilt und so verdammt überlegen wegschob, war sie stocknüchtern. Steif und vor Wut leise zitternd, lag sie unter ihrem Federbett und dachte sich eine Gemeinheit nach der anderen aus, bis sie darüber einschlief.

Lotta ging zur Vermarktung hinüber. Sie war heute nicht sonderlich gesprächig und setzte sich nach hinten in den Wagen zu den Blumenschalen. Durch das Heckfenster sah sie auf die Straße hinaus. Sie hatte sich vom Auto aus noch nie einen Weg merken können, sich natürlich auch auf Peter verlassen. Dabei hatte sie damals in der Berufsschule die Fahrerlaubnis gemacht. Der Elektrokarren war durch die Fußlenkung mehr eine Sache der Balance. Doch schwer, sich vorzustellen, daß sie tatsächlich mal Traktor gefahren war, die einzelnen Bauteile und deren Funktionen bestimmen konnte. Was wußte sie heute noch von den Unterschieden zwischen Rahmen- und Blockbauweise? Das Kutschieren mit Hänger hatte sie immer in Angst versetzt. Über mitgenommene Bordsteine wurde erst gar nicht gesprochen. Aber ihr Mißgeschick mit dem Blumenstand an der Kreuzung erinnerte an Verfolgungsjagden im Film, die als Höhepunkt meist auf einem Marktplatz unter umgestürzten Obsthorden, platzenden Melonen und wild flatterndem Federvieh endeten. In ihrem Fall waren es allerdings nur Tontöpfe, einige Lagen Zeitungspapier und der Goldina-Becher mit dem Wechselgeld gewesen. Als der Traktor mit einem quietschenden Ruck hielt, glaubte sie, auf den zusammengepreßten Lippen des Fahrlehrers ein Lächeln zu bemerken. Herr Werra hatte ihr keine Vorwürfe gemacht. Aber es war das einzige Mal, daß ihm seine Pfeife, deren gesprungener Kopf durch einen Metallring zusammengehalten wurde, gegen seinen Willen ausgegangen war. Anscheinend hatte sie ihm zu einem nicht alltäglichen Erlebnis verholfen.

Mit ihrem dicken Bauch war sie damals zu seiner

Beerdigung gegangen. Die Bedenken der zukünftigen Schwiegermutter hatte sie ignoriert. Manchmal war sie erschreckend weit weg von dem, was in ihr vorging, glaubte sie so wenig daran wie an den Umstand, daß Herr Werra tot sein sollte. Wie sehr sie sich auch vor dem Blinken, Bremsen, Kuppeln, Schalten, vor allem diesem Zwischengas, gefürchtet hatte. Es gab Augenblicke – wenn sie nach den gefahrvollen Touren durch morgendlichen Novembernebel mit eingeschaltetem Abblendlicht wieder sicher auf dem Schulhof standen –, in denen sie sich wünschte, nie mehr aus der engen Fahrerkabine raus zu müssen. Der süßliche Tabakgeruch war ihr vertraut wie die Wärme des Motors, die klappernden Hydrauliköl- und Schmierfettbüchsen und die schnarrende Musik aus dem mit Einweckgummis zusammengehaltenen Koffer-Radio. In ihren Gedanken hatten Paul und Herr Werra immer etwas miteinander zu tun, obwohl sie sich doch gar nicht kannten und der Paul fast zwanzig Jahre jünger war.

Die Straße, in die sie gerade einbogen, gehörte zu ihrem Kindheitsrevier. Die verkahlte Weißdornhecke vor den Häusern war alles andere als eine Zierde für die Protokollstrecke. Im ersten Lehrjahr hatten sie hier zu »gestalterischen Maßnahmen« antreten müssen. Statt Harken und Heckenscheren wurden ihnen Straßenbesen und Papierspieker in die Hand gedrückt. Den Bummelstreik machte nur Peter nicht mit. Für seinen Papi kann ja keiner was, zogen die anderen ihn auf.

Lotta rückte näher ans Fenster. Gleich mußte das Haus ihrer Eltern kommen. Zweiter Stock rechts, dort, wo die Fahnenhalterungen angebracht waren. Die Zentralheizung haben se noch unter Adolf eingebaut, erzählte der Großvater jedem, der es hören wollte. Unten links, wo die Rolläden immer vor waren, wohnten die beiden schwulen Büfettiers, über die man nichts rauskriegte. Die Rheinländerin darüber mit ihren fünfundsiebzig Jahren hatte gerade den dritten Lebenskameraden beerdigt. Mit solch einer Rente hätte sie auch nicht mehr geheiratet. Scorell im vierten Stock hatte ihr zu ihrem ersten Fahrrad verholfen. Sein Rotweinkonsum war enorm gewesen. Wenn die zwei Gemüsekisten im Kellerdurchgang vor Flaschen überqollen, hatte sie die Ladung mit ihrem alten Kinderwagen zur Annahmestelle geschafft. Für die Göhlerten mit ihrem Ordnungsfimmel natürlich immer viel zu spät. Doch die war jetzt drüben.

Der Barkas fuhr langsamer. In der mittleren Spur stauten sich die Fahrzeuge, und es dauerte eine Weile, ehe sie sich einfädeln konnten. Im Schritttempo ging es an der Nummer siebenundzwanzig vorbei.

Ihre Mutter hielt sie über jede Nichtigkeit auf dem laufenden. Wenn sie sich längere Zeit nicht gesehen hatten, sprudelte der Klatsch nur so aus ihr heraus. Die Göhlerten hatte ihr ein Päckchen geschickt. Peter mußte die komplette Inhaltsbeschreibung über sich ergehen lassen. Seinem Unmut machte er immer erst im nachhinein Luft. Aber die zwei-, dreimal im Jahr, die er mit zu ihrer Mutter ging, waren wirklich nicht zu viel verlangt. Die Zeiten, in denen er nicht oft genug in der »Biedermann«-Wohnung sein konnte, wollte er nicht mehr wahrhaben. Um mit ihr allein zu sein, hatte er für die Eltern Theaterkarten besorgt. Und das ihrem Vater, der kaum zu bewegen war, eine Operette oder Revue zu besuchen. Auf der mütterlichen Couch hatte sich Peter mit den Knöpfen ihrer Hemdbluse abgemüht. Es gab damals nichts Aufregenderes für sie als seine linkische Zudringlichkeit. – Und sein naives Entzükken über die Westpakete vom katholischen Pfarramt in München. Die Tante hatte das vermittelt. Den Unox-Suppenkarton auf den Knien, ritualisierte er das Auspacken.

Einmal hatte Peters Vater sie zu einem Sonntagsausflug an den Müggelsee eingeladen. Ganz beiläufig auch zum Mittagessen. Lotta kam das Gebäude wie ein exklusives FDGB-Heim vor. Es schien eine Art Code zu genügen, um hineinzugelangen, der flimmernden Mittagshitze in einladend leere Nischen zu entfliehen. Der triumphierende Blick ihres zukünftigen Schwiegervaters drückte den ihren auf die Rechnung hinunter. Sagte er wirklich modest für spottbillig? Im Duden fand sie nur »bescheiden/sittsam«. Hatte Peters Vater sie mit seinen Privilegien beeindrucken wollen? Oder hatte ihn die Freßpaket-Schwärmerei seines Sohnes herausgefordert? Jedenfalls war sie stinksauer gewesen und hätte am liebsten einige der Untersetzer aus Edelstahl mitgehen lassen. Im Familieninteresse hatte Lotta ihre Abwehr unterdrückt, Peters Belehrungen gehorsam befolgt. Im Gegensatz zu ihren Eltern, denen das nötige Feingefühl fehlte, wie Peter meinte. Das war jedoch kein Thema mehr, denn die Fronten wurden bereits vor der Hochzeit geklärt, während Jaquelines Taufe sozusagen. Wenn sie daran dachte, hatte sie noch immer ein ungutes Gefühl. Die Großmutter hatte ihren Willen durchgesetzt. Von ihrem geliebten Korbsessel aus, mit Rheumadecke, klapperndem Stricknadelspiel und wärmendem Sandalon.

Wie die Tauffeier ablaufen sollte, erfuhr Lotta im Waschküchendunst. Hinter Laken, Rolltüchern und zerschlissenen Kopfkissen kam aus der Trockenkammer die Stimme ihrer Mutter: Die Tante aus München wird übrigens auch da sein. Dann, um jeden Einspruch abzuschneiden: Stell mal die Mangel aus. Was eine Verbannung von mindestens dreißig Minuten in den niedrigen, engen Nebenraum bedeutete und soviel hieß wie: Überlege dir alles in Ruhe, deine Mutter wird schon ihre Gründe haben. Natürlich hatte sie Gründe. Und sie, Lotta, wollte ihr die Freude an der Tante nehmen oder, wohl besser, am Inhalt der zwei großen schweinsledernen Koffer. So zog die Anwesenheit der Putzmacherin aus Bayern das Fernbleiben des Handelsrates aus Berlin nach sich. Einen Umstand, den Lottas Eltern nicht sonderlich bedauerten, denn von der säuerlichen Miene der künftigen Schwiegermutter auf einen geselligen Schwiegervater zu schließen, fiel ihnen schwer. Auf diese Weise waren sich der Parteigenosse Dietrich und Gottlieb, das Mitglied der Kleingartensparte »Daniel Schreber«, nie begegnet. Bei den Großmüttern geschah dies der Enkelkinder wegen doch ab und zu, aber der heimliche Wettstreit um die Gunst der Mädchen ließ keine Zeit für Zwistigkeiten.

Was Lotta am Anfang für unmöglich hielt, hatte

sich als praktikable Lösung herausgestellt. Zur Erleichterung beider Seiten. Peters Eltern brauchten sich nicht derberen Umgangsformen und politischen Simplifizierungen auszusetzen, und ihren Eltern blieb es erspart, sich durch eine verkrampfte Vornehmheit lächerlich zu machen.

Lottas Verhältnis zu ihren Eltern hatte eine sonderbare Wandlung durchlaufen. Es waren eher Stimmungen, die Ereignisse wie Jugendweihe, Abschluß der zehnten Klasse, Blumenbinderlehre, Umzug in die eigene Wohnung und Heirat markierten. Ihre Auflehnung den Eltern gegenüber war einer kränkenden Förmlichkeit gewichen, deren Höhepunkt der Abiturball war. Sie sah noch die roten, dickfleischigen Finger ihrer Mutter, die das Sektglas an der falschen Stelle hielten, hörte das Schmatzen ihres Vaters. Mit ihrem dicker werdenden Bauch hatte sie die Beziehung zum Vater verloren. Mit jedem Zentimeter, den sie anwuchs, schob sie ihn von sich fort, hin zu seinen Kaninchen, dem goldfischbestückten Seerosenteich und dem Buchhalterposten hinter schmutzigen Fabrikfenstern. Andererseits verspürte sie manchmal ein heftiges Verlangen nach der elterlichen Wohnung. Sie fuhr dann einfach los. Die Schlüssel hatte sie noch. Für den Notfall. Sie roch die Plastesäcke mit Waschmitteln in der Kammer neben dem Flur, schaute auf den Küchentisch, auf dem früher, häufiger als ihr lieb war, Zettel mit Anweisungen lagen, dies oder jenes zu tun. Die Quarkkeulchenpfanne existierte nicht mehr. Dann ging sie quer über den Hof, die halbe Treppe zur Waschküche hinunter. Wenn ihr die Mutter wortlos die Lakenenden zum Ziehen reichte, war alles in Ordnung. Durch ein winziges vergittertes Fenster sah man auf die Straße hinaus. Im Nebenraum war die Mangel mit den polternden Holzrollen zu hören. Das Quietschen der eisernen Stange, die an einem Zahnrad entlanglief, übertönte den Straßenlärm. Die Lattenroste vor den Einweichbottichen waren dunkel vor Nässe, und die Ausdünstungen des feuchten Holzes vermischten sich mit den Laugendämpfen zu einem Geruch, der Geborgenheit versprach.

Der Barkas hielt auf dem Schotterplatz. Nasen drückten sich an der Heckscheibe platt. Eine heisere Stimme rief etwas von Disziplin und in Zweierreihen anstellen. Lotta wartete, bis ein zweites Klingelzeichen Lehrer wie Schüler in die Klassenräume zurückholte. Am Fußballtor ihr gegenüber schaukelte vergessen ein Turnbeutel. Die neu eingesetzten, noch rohen Holzlatten ließen den Scherengitterzaun wie ein verzerrtes Schachbrettmuster erscheinen, bedroht von klobigen Braunkohlenstücken, die sich gegen die Turnhallenwand türmten. Die Tür zum Schulgarten stand verbogen am Zaun, daneben zwei grüne Essenkübel, auf deren zweckentfremdete Nutzung man nur hoffen durfte.

Lotta konnte nicht behaupten, gern in die Schule gegangen zu sein, aber genausowenig hatte sie Abneigung empfunden. Eher war es ein Sichfügen in Unabänderliches, die Einsicht, durch geringsten Widerstand die größten persönlichen Freiheiten zu erlangen. Die zehn Jahre waren vergangen wie etwas, dem man nie die volle Aufmerksamkeit schenken mußte. Jetzt, über fünfzehn Jahre danach, empfand sie dies als unverschuldeten Mangel. Wie andere über ihre Schulzeit erzählen konnten. Meist ältere allerdings. Wo bei ihr Mitschüler, Lehrer, Klassenräume und sogenannte schulische Höhepunkte verschwommen ineinanderliefen, wußte ihre Mutter beispielsweise stundenlang über Einzelheiten zu berichten. Lotta sah dann alles genau vor sich: Den ruhigen Lehrer, über den das Gerücht umlief, er verginge sich an kleinen Jungs, von verschmähten Liebhaberinnen ausgestreut und hartnäckig genährt. Bis er irgendwann verschwand, unauffällig, wie er gekommen war. Die heimliche Liebe zu Kurt, dem Großbauernsohn, der, zwei Klassen weiter, in der hinteren Bank auf der Türseite saß. Wie eben jener Kurt in der geschwänzten Religionsstunde zusammen mit dem Sohn des Schmiedes, der in sturer Regelmäßigkeit die nächsthöhere Klasse verfehlte, auf dem Hof des Kantors Fleischermeister spielte. Mit der Käthe-Kruse-Puppe ihrer jüngeren Schwester.

Auf jedem Klassentreffen wurden diese Begebenheiten um neue Details bereichert. Feucht-fröhlich wurden einander Streiche und Bosheiten verziehen. Und auch die zum soundsovielten Mal abgelegten Geständnisse der für Großmaschinen qualifizierten Waschfrau aus Klein Schlauen an den Diplomlandwirt von Bartels Hof, jetzt Lurnau oder Murnau (ihre Mutter sprach das immer so undeutlich aus), blieben trotz ihrer Wiederholung aufregend und ohne Folgen.

Ausgelutschte Gefühlsduseleien. Aufgewärmte Erinnerungen, wenn man sonst nichts hat, dachte Lotta. Doch nicht mal dazu war sie fähig. Mit Blech konnte sie prunken, dem Abzeichen für Gutes Wissen in Gold, der auswendig gelernten Klassikerzitate wegen. Das bronzene Sportabzeichen senkte den Klassendurchschnitt. Aber trotz des, wie der Bademeister meinte, Schwimmflossenprofils ihrer Füße zog es sie nach wenigen Metern unhaltbar in die Tiefe. Sport hatte sie nie gemocht. Die muffigen Umkleidekabinen im Kellergeschoß, in die sie morgens vor der ersten Stunde schlaftrunken eintauchte, aufgeschreckt durch lästige Trillerpfiffe oder durch den Einfall der Jungs, von fröhlichem Quieken begleitet. Endlose Runden auf dem staubigen Schulhof, denen sie sich, versteckt hinter Dachziegelstapeln, so häufig wie möglich entzog. Die Erlösung von Reck-, Bock- und Sprossenwandübungen kam über Nacht. Nicht verfrüht, aber doch zeitig genug, um die bewunderte erste in der Klasse zu sein, die sagen konnte, daß es heute wirklich nicht ginge. Ihre Abneigung Trainingshosen gegenüber war geblieben. Peter hatte auch mal welche angeschleppt, mit Streifen an den Seiten und dazu passenden Stutzen. Irgendwo war er in einen Fitness-Shop geraten. Die Broschüren über Managertraining und Midlife-Crisis waren Gratisbeigaben. Und Dauerlauf hieß nun Jogging. Drei Wochen hatte sie die mitleidigen Blicke der Hausbewohner ertragen, sich Peters wegen lächerlich gemacht. Dann die Forderung gestellt, die Lauferei ums Karree aufzugeben. Dieses eine Mal hatte sie sich durchgesetzt, ohne Schliche und Umwege. Doch sie wurde das Gefühl nicht los, daß er ihr diesen Sieg nur zu gern überlassen hatte.

Lotta lud mit Ingrid zusammen die Blumenschalen auf den einachsigen Wagen. Den hohen Aufbau, um drei Kästen, Kübel oder andere Behältnisse zu stapeln, hatten sie sich bereits während der Lehre im Warmhaus ausgedacht. Aber gegen das Modell einer Vermarktungsstation für Schnittblumen nahm sich ihre Neuerung bescheiden aus. Als Wegbereiter zukünftiger Technologien, wie es der Beauftragte für Neuererwesen nannte, kam das Projekt der Vermarktungsstation zur Bezirksleistungsschau. Für ihren Stapelwagen hatten sie von der Tischlerei nicht mal ein paar Latten bekommen. Wie eifrig sie damals bei der Sache waren. Von dem Vermarktungs-Modell wurde nach der Ausstellung nicht mehr gesprochen. Aber ihrem klapprigen Holzgestell hatte sich die Schlosserei angenommen und die anderen Wagen auch gleich umgerüstet. Die gab es heute noch.

Zwei Pioniere mit roten Halstüchern gingen grüßend an Lotta vorbei. Sie hatten, wahrscheinlich für die Feier, im Schulgarten Astern gepflückt. Ich setz' mich heut' mal mit rein, sagte Lotta entschuldigend zu Ingrid. Die schüttelte nur grinsend den Kopf. Was soviel hieß wie: Du hast wohl an unseren Versammlungen noch nicht genug. Wenn die Dekoration wieder mitgenommen wurde, warteten sie meist beim Hausmeister, tranken einen Türkischen und aßen ihre Brote dazu. Während ihrer Schulzeit war der Hausmeister für Lotta nicht selten die letzte Rettung gewesen, wenn es um verlorene Stullentaschen, Handschuhe oder Turnbeutel ging. Was sich nach einer Woche nicht mehr anfand, mußte durch eine Münze aus ihrem Sparschwein »beglichen« werden.

Mit dem ersten Geldstück, das durch Stochern mit einem Brieföffner herausfiel, war ihre Schusseligkeit abgegolten. Im Beisein ihrer Mutter versteht sich, die mit unbewegter Miene zehn Pfennig oder fünf Mark in ihr Portemonnaie steckte.

Lottas Schule wurde damals nur »die Mustereinrichtung« genannt. Als eine der ersten Tagesschulen Berlins besaß sie Vorzeigewert. Mit seinem Holzbein und der schnarrenden Stimme war Direktor Zinke *die* Respektsperson. Seine Autorität sorgte für Disziplin, Ordnung und somit für öffentliches Ansehen. Seine Verbindungen bewirkten einen Zustrom leistungsstarker Schüler und die Delegierung von Abstiegskandidaten an andere Schulen. Das hatte zur Folge, daß Lotta, trotz gleichbleibender Leistungen, auf einen Mittelplatz abrutschte und aus der Oberschulwertung fiel, ihre Fähigkeiten nicht ausschöpfend, wie auf dem Zeugnis unter »Gesamteinschätzung« stand.

Lotta schob das Rednerpult ein wenig zur Seite, um Platz für die große Blumenschale zu haben. Auf solch einer Bühne hatte sie einmal beim Kreisleistungsvergleich der Rezitatoren und Erzähler gestanden. Mit blütenweißer Pionierbluse. Was hatte sie nur vorgetragen, wahrscheinlich etwas von Becher. Deutschland einig Vaterland. Wie sie das geübt hatten. Eigentlich waren Gedichte nie ihre Stärke gewesen. Vielleicht hatten sich die anderen nur hartnäckiger gesträubt.

Lotta rückte das Emblem auf rotem Grund am Rednerpult gerade. Darauf verstand sie sich. Aber Schleifen und Bänder zog sie jedem anderen

Schmuck vor. Und Blumen natürlich. Wie hoch oben sie sich hier befand. Man konnte einfach einen Punkt an der spinnwebenverhangenen Stuckkehle über der Tür suchen und die Leute im Raum vergessen, die Leselampe am Pult einschalten und mit einem kräftigen Schnalzen das Mikro überprüfen. Hüsteln oder Räuspern machte sich vorm Anfang immer gut. Spannungstragende Momente.

Meine Damen und Herren. Gestatten Sie mir eine kurze Vorbemerkung. Die hier arrangierte Dekorationsware wurde ausschließlich auf organischen Substanzen kultiviert, chemischer Pflanzenschutz von vornherein vermieden. Der geringfügige Blattlausbefall sollte deshalb in keiner Weise mit dem Anlaß dieser Feierstunde in Zusammenhang gebracht werden. Im übrigen empfehlen wir einen Brennesselsud ...

Die Pausenklingel schrillte. Durch die schlingernde Pendeltür vernahm sie eine vertraute Stimme. Pioniere stellten die Tische für die Schulspeisung beiseite und reihten Stühle aneinander. Lotta nickte der Erzieherin im khakifarbenen Overall flüchtig zu. Wie die bei der Sache war. Dabei mußte ihr doch die Umräumerei zum Halse raushängen. Bis zum Sommer hatte sie ab und an mit der Khakifarbenen, die für die Ausgestaltung der Feierstunden zuständig war, zu tun gehabt. Mit einem spöttischen Lächeln hatte sie Lotta die Bitte des Parteisekretärs übermittelt, statt der traditionellen Gerbera künftig Nelken bei Auszeichnungen zu liefern, der Haltbarkeit wegen. Genausogut wäre natürlich ein Merkblatt möglich: Gerbera drei Wochen in der

Vase frisch, aber wie? Diese selbstbewußt-ironische Art wirkte auf Lotta wie eine Herausforderung, der sie nichts entgegensetzen konnte. Sie zog es vor, eindeutige Aufträge auszuführen und nicht erst lange grübeln zu müssen. Doch diese Billy, wie sie von allen genannt wurde, schien immer eine eigene Meinung zu haben und sie laut zu sagen. Das provozierte Lotta.

Ihre Eifersucht auf bestimmte Frauen blieb ihr selber ein Rätsel. Im Aussehen konnte sie nie Übereinstimmung entdecken, ebensowenig in der Stimmlage oder in Eigenschaften, die sie ihnen zuschrieb. Real oder auf dem Bildschirm, das war völlig gleich. Gezwungen, ihre Abneigung zu beschreiben, hätte sie sie, so einfältig es klang, mit Sodbrennen verglichen. Ein Neid, dessen Ursachen sie nicht genau kannte. Eine Messerspitze Natron half da nicht viel. Anfangs hatte Lotta sich auf Brustumfang, Taille und Beinlänge konzentriert. Ihre Gedanken gingen die absonderlichsten Wege, und Peters Reisen waren Ausgangspunkt ihrer Phantasien. Wenn sie abends im Bett lag, sah sie ihn in zwielichtigen Lokalen anstößig lange Zigarren rauchen, ohne Blick für die Oben-Ohne-Bedienung, die den Whisky servierte. Sie folgte ihm durch gefährlich enge Gassen, an Stundenhotels und Bordellen vorbei. Freimütig gestand sie sich in ihren Träumen ein, daß der Wunsch, ihn zu ertappen, stärker war als die Angst davor, hintergangen zu werden. Auf welch für sie demütigende Weise er ihr doch treu war, wußte sie am nächsten Morgen. In Wien oder Amsterdam würde er sich aus dem Hotel stehlen und in irgendeinem billigen Bistro frühstücken. Glücklich über abgehungerte Pfunde und seine neuesten Anschaffungen, kam er zurück in die Arme seiner traumbedrängten Frau. Nicht mal Eifersucht billigte er ihr zu.

Lotta legte Folien und Ölpapier zusammen, gab Ingrid durch eine Handbewegung zu verstehen, daß sie bleiben würde und ging in den Raum hinter der Bühne. Sie zog ihren Kittel aus, nahm einen Zipfel des verstaubten Vorhanges, der über eine ausrangierte Klappstuhlreihe gebreitet war, und putzte ihre Pumps. Über dem Waschbecken, das als Abfallbehältnis diente, lehnte am Wasserhahnstutzen ein Spiegel. Sie kontrollierte ihr Make-up und kämmte sich. Lotta hörte den anschwellenden Lärm von der Bühne her und ging hinaus.

Bei der Einschulung von Jaqueline vor sechs Jahren war ihr bewußt geworden, daß sie ihre Schulzeit fast völlig vergessen hatte. Sie war ihrer Tochter dankbar, an etwas erinnert worden zu sein, das ihr allein gehörte. Etwas, das sie nicht teilen mußte. Gemeinsame Erinnerungen waren stets Peters (und sie fand, recht eigenwilligen) Interpretationen unterworfen. Deutungen, die ihren Vorstellungen zuwiderliefen, sie weit übertrafen oder ihre Sicht einfach ignorierten. Langsam vergaß sie, wie es ihrer Meinung nach wirklich war. Außerdem war es bequemer, einfach zu schweigen.

Aber auch das Gegenteil hatte Peter erreicht, sie schwatzhaft zu machen. Wenn er an den Wochenenden über irgendwelchen Büchern, Zahlenreihen und Protokollen hockte und wie abwesend zu Mittag aß, mit dem letzten Bissen im Mund wieder verschwand, redete sie einfach drauflos. Zuerst war sie noch bemüht, sein Interesse zu wecken, doch dem Ende der Mahlzeit zuvorzukommen, hatte sie nie geschafft. Ihren verletzten Stolz versuchte sie hinter einem Schwall nichtssagender Sätze zu verbergen. Dankesworte für ein gelungenes Essen erwartete sie ja gar nicht. Mit der Routine in ihrer Kochkunst hatte sich Peters Routine eingestellt, darauf zu ihrer Zufriedenheit zu reagieren. Jahre später, bei einem gelungenen Fasan, hatte er ihr unverblümt erklärt, er fände es albern, Dinge wieder und wieder zu loben, die sie mit traumwandlerischer Sicherheit beherrsche. Seitdem schwieg er. Und sie, beleidigt und zu stolz, ihm zu sagen, Beteuerungsfloskeln wären ihr lieber als Wortlosigkeit, hatte sich den Kindern zugewandt. Unerträglich wäre es ohne Jaqueline und Yvonne. In solchen Situationen spürte sie es ganz deutlich. Wenn Peter auf Dienstreise war, kam ihr alles viel ungezwungener vor. In ihrer Dreisamkeit waren sie ein eingespieltes Team. Selbst Yvonne wußte, daß morgens jede Minute zählte. Nach der Schule wurden übers Telefon Neuigkeiten ausgetauscht, und Lotta verteilte die Aufgaben für den Nachmittag. An den Sonntagen belohnten sie sich vor dem Frühstück mit Kuschelstunden. Wenn sie so verhakelt in den Ehebetten lagen, wollte sie diesen Zustand bewahren, Jaqueline und Yvonne daran hindern, ihr zu entwachsen. Früher hatte sie sich Peter dazugewünscht, inzwischen vermißte sie ihn nicht mehr.

Letztlich begnügte sie sich mit Gewohntem, sie zog es neuen Unsicherheiten vor. Sie wußte, unter welchen Umständen Peter den Tisch mit deckte, sogar abräumte oder mit einem bemühten Kennerblick den Inhalt der Töpfe inspizierte. Sie hatte begriffen, was er meinte, wenn er vor Kollegen, die er aus taktischen Gründen zum Essen einlud, ihre Kochkunst »bodenständig« nannte. Aber es hatte lange gedauert, ehe sie darunter ausschließlich ihre Art der Zubereitung verstand, die Gewohnheit, Butter statt Margarine zu nehmen, dicke Soßen anzurühren und ihre unverrückbare Ansicht (oder war die auch von Peter übernommen?), ohne Fleisch und Kartoffeln höchstens am Samstag auszukommen. Zuerst hatte sie dieses »bodenständig« verwirrt, und sie mußte wohl recht dümmlich gelächelt haben. Dann fühlte sie sich verletzt. Sie brachte ihre Mutter damit in Verbindung, die im Arbeitsdienst bei einem verwitweten Bauern mit vier Kindern kochen gelernt hatte. Waschfrau war sie, na und. Hatte '44 auf einer alten Singer einen Nähkurs abgeschlossen. Aber sie wäre zu ehrlich gewesen, um eine Schneiderei aufzumachen. Bodenständig. Manchmal war sich Lotta nicht sicher, ob dies auch etwas mit ihrem Körper zu tun haben könnte. Wie sie sich bewegte. Vielleicht ihr Gang.

Nach einigen Ermahnungen durch Lehrkräfte und Ordnungsschüler wurde es langsam still in der Aula. Lotta saß zwischen mehr oder weniger gepflegten weißen Blusen. Die tuschelnden Gesichter um sie herum verrieten Spannung, kindlichen Stolz, Freude (nicht nur der ausgefallenen Stunde wegen), kaum Teilnahmslosigkeit. Lotta schaute ihre Reihe entlang. Die Eintragung im Hausaufgabenheft, feierstundengemäß zu erscheinen, hatte Erfolg gehabt. Die wenigen Farbtupfer waren Zeichen von Vergeßlichkeit, auch absichtsvoller – der Eltern. Weiter hinten liefen die Reihen fast wahllos in- und auseinander. Die Farbigkeit nahm zu, wenigstens die der Blautöne. Die FDJ-Hemden wurden in der letzten Pause flüchtig übergestreift, unter Pullovern und Jakken versteckt, sie kannte das. Ringe im Ohr und getönte Haarsträhnen änderten da nichts.

Der Direktor sprach, und Lotta rutschte auf dem Stuhl von einer Seite zur anderen. Ingrid hatte den Eimer mit ungedrahteten Nelken hinter den Präsidiumstisch gestellt, ein Service, von dem andere Direktoren nicht mal träumten. Wie lange der sich mit der Vorrede aufhielt, verfaßt für ein Publikum, das ohnehin nicht zuhörte. Oberflächlich, leichtfertig, hoffentlich ungewollt. Ähnlich mußte es bei Yvonne zugegangen sein. Nach der Thälmann-Gedenkfeier kam sie weinend nach Hause. Die Wortbrocken entsprachen ihrer Angst. Krieg, Sterben. Und wieder: Krieg. Dann endlich: Die wollen den Krieg. Und nach Lottas unsicherer Frage: die, von denen wir die bunten Karten bekommen. Womit Schwester und Münchener Tante gemeint waren. Keiner will das, war ihr kurzer Kommentar dazu. Hilflos-schroffe Sprachlosigkeit, ein Kaugummi aus der Süßigkeitenkiste als Ersatz für Erklärungen. Sie würde das noch lernen, dachte Lotta, ganz von allein. Jaqueline kannte sich da schon besser aus. Bei ihr, Lotta, ging das wie von selbst. Ein warmes Bad reichte, um alles fortzuschieben in eine unwirkliche Welt. Niemand hatte ihr beigebracht, Zeitungen zu lesen, feinste

Nuancierungen zu deuten oder Zahlenspiele zu durchschauen. Dafür hatte sie Peter. Ihre Verantwortlichkeit blieb auf die letzte Seite beschränkt. Hinzu kamen Empfehlungskringel in der Fernsehzeitung und der Bauwetterbericht für die Wochenenden auf dem Grundstück.

Jetzt müßte der Schulchor oder eine Rezitation dran sein, dachte Lotta. Der Ablauf hatte sich nicht geändert, was stellte sie sich auch vor. Besondere Erwartungen hatte sie doch sowieso nicht gehabt. Älter war sie geworden in einer stehengebliebenen Zeit, nicht reifer, älter. Wollte sie hiermit einen Beweis erzwingen, vielleicht nur erfahren, wie es ihren Töchtern erging? Und wenn ihre Vermutung falsch war, sie die Zeichen der Veränderung nicht gesehen hatte, nicht sehen wollte oder zu einfältig dafür war? Möglicherweise hatte die Zeit sie beim Kochen und Windelnwaschen unmerklich überholt. Wenn sie nicht weiterwußte, fiel ihr Verdacht auf Peter. Hatte er sie nicht aus allem rausgehalten? Natürlich war es bequem. Wenn aber Annehmlichkeiten nur dazu dienten, seine Ruhe vollkommen zu machen? In der alten Wohnung, kurz nach dem Facharbeiterabschluß, hatte sie noch eigene Pläne gehabt. Trotz ihrer Überstunden, um das Haushaltsgeld aufzubessern, wurden Weiterbildungsmöglichkeiten diskutiert, Qualifizierungsmaßnahmen erwogen. Lehrausbilderin oder Fachübersetzer war im Gespräch. Immerhin hatten sie einige Jahre von ihrem Lohn gelebt. Aber sie hatte sich geschworen, ihm das nie vorzuwerfen. Das wäre dann der Schlußstrich gewesen, die Endabrechnung. Wußte sie, wieviel ihm seine Eltern während des Studiums zugesteckt hatten? Der arme Junge bekam doch kein Stipendium und von seiner Frau nur vierzig Mark Taschengeld im Monat. Ihre Ausgabenbücher hatte sie noch, auch die Mon-Cheri-Schachtel für das monatliche Haushaltsgeld, siebzig Mark pro Woche, die Scheine mit Büroklammern säuberlich getrennt. Vorgriffe auf die kommende Woche genehmigte sie sich nur im Notfall. Nach dem Abendbrot machte sie ihren Ausgabenrapport. War das vielleicht ihr Fehler, ihm Pflichten vorenthalten zu haben? Der Studienwechsel wurde gefeiert wie eine Gehaltserhöhung. Sie hatte plötzlich neuen Mut gefaßt, die unausgesprochene Geringschätzung für ihren Beruf verwunden und Peter mit Fragen bedrängt. Ehe diese zur öffentlichen Angelegenheit wurden, hatte er ihr von Krediten, Kompensationsgeschäften, Staatsverschuldungen und Handelsdefiziten berichtet, doch so abstrakt, daß nachfragen sich von selbst verbot. Ihre Ansätze dazu belächelte er nur. Sie bildete sich nicht ein, mit ihren lebensnahen Einwürfen (wie Peter ihre Bemerkungen bei guter Laune nannte) seine Grundüberzeugungen zu erschüttern. Also verlegte sie sich auf kritiklose Bewunderung, das kam ihrer Natur näher und war für beide angenehm. Zeitweilig.

Lotta zuckte zusammen. Namen verdienter Lehrer und Erzieher wurden aufgerufen, und eine leichte Unruhe entstand. Früher hatte ihr keiner angesehen, daß sie mit ihren Gedanken woanders war. Geradezu eine Technik hatte sie dafür entwickelt. Aber die Kraft reichte nicht mehr. Und wozu auch. Zu zeigen, daß man nicht bei der Sache war, brachte einem heute, zumindest bei den Kollegen, viel größeres Ansehen ein.

Wie die die Blumen hielten. Das nächste Mal würde sie Trockensträuße vorschlagen. Was jetzt ablief, war das einzig Interessante an solchen Versammlungen. Sie hatte immer ihre Freude daran, diesen Zirkus zu durchschauen. Neue Variationen waren kaum zu erwarten, aber vielleicht wurde sie für ihre Ausdauer belohnt. Lehrer verhielten sich jedoch anders, die befanden sich in einer Art Zwangslage, denn sie hatten nicht das Publikum zum Komplizen. Ihre Preisgabe würde sich in den kommenden Unterrichtsstunden bitter rächen. Das verschwörerische Zwinkern in die anonyme Menge, aus der sie mit Blumen und Prämien herausgelockt wurden, fiel hier weg. Vorbild hatten sie in jeder Hinsicht zu sein. Spaßige Bemerkungen beim Rückweg auf ihre Plätze verkniffen sie sich. Rückzug nach allen didaktischen Regeln bis zu den Stühlen in der ersten Reihe, dort lockerte sich die Verkrampfung.

Wie lustig ging es da in ihrem kleinen Versammlungsraum hinter dem Heizhaus zu. Man mußte nicht unbedingt, wie die Reinigungskraft, das Geld auf offener Bühne nachzählen und dann geringschätzig die Mundwinkel verziehen. Aber irgendein Zeichen war man den Kollegen, die einen vorgeschlagen hatten, schuldig. Eigentlich ging es bei den Auszeichnungen immer hübsch der Reihe nach, es sei denn, einer hatte sich danebenbenommen. Wenn sein Vergehen zu arg war, gab man ihm ein Buch, das war Strafe genug. Doch sie flachsten in dem Bewußtsein, etwas geleistet zu haben. Die Zuschläge wogen die körperlich schwere Arbeit nicht auf. Peinlichkeiten gab es bei ihnen nicht, weder abwehrende Gesten noch Überraschung heuchelnde Kommentare und überschwengliches Händeschütteln. Diese förmlichen Artigkeiten hier machten Lotta verrückt, das Nesteln an Kragen, Revers oder wo die Dinger sonst rangesteckt wurden. Spontaner Beifall verbot sich von selbst. Doch diese Billy machte den Eiertanz nicht mit, die nahm das in Empfang, was ausstand für ihre Bemühungen. Wie das Lächeln des Direktors an ihrem Selbstbewußtsein abprallte. Lotta versuchte, sich nicht allzusehr zu betrügen und schätzte sie auf Ende zwanzig. Das war ein Typ, auf den die Kinder flogen, der für den pädagogischen Beruf wie geschaffen war. Wenn Billy verschwörerisch mit den Augen zwinkerte, hieß das, laßt den mal reden, der kann nichts dafür. Lotta konnte sich nicht so spielerisch geben, schnell war der Punkt erreicht, an dem sie sich vor sich selbst genierte; bei einer übertriebenen Geste, einer linkischen Bewegung, wenn Yvonne zum Beispiel sie beim Spielen mit der Puppenstube drängte, eine Babystimme nachzuahmen. Das Puppenhaus hatte Peter gebastelt. Ab und an mußte sie auf solche Relikte gestoßen werden, sonst glaubte sie selbst nicht mehr daran.

Wie die Kinder um sie herum diese Tortur aushielten, sie war schon ganz kribblig. In der Gärtnerei wäre längst ein drohendes Brummen fällig gewesen, das von der Handwerkerbrigade in den letzten Reihen ausging, die streitsüchtigen Bässe beschleunigten jede Art der Zusammenkunft. Manchmal fragte sie sich, wie bei Peter diese Zeremonien verliefen. Wie überall, würde er sagen, Unabänderliches anzugehen sei Kraft- und Zeitvergeudung. Von seinen ersten Prämien hatte er sie zum Essen eingeladen, aber die Abende endeten immer mit Vorwürfen. Entweder hatte er sich wieder das Billigste bestellt oder mit dem Trinkgeld geknausert. Die Jahresabschlußbälle verliefen ebenfalls unerfreulich, weil sie nicht begriff, daß er auch bei einem Vergnügen seinen »Verpflichtungen« nachkommen mußte. Sie hatte die Lust an diesen Festen verloren. Auf ihrer Fahrt ins Moos gab sie eine andere Version zum besten, die in die Weiberrunde paßte: Die Feiern wären nun ohne Anhang, damit sich die Außenhändler ungestörter ihren Sekretärinnen widmen könnten.

Jetzt war der Chor dran, da konnte man sich schon fertigmachen. Yvonne sang immer noch ihr Einschulungslied, ganz unbefangen: Die Schule ist ein lustig Haus ... Sie dachte überhaupt nicht daran, dies mit dem Alltag in Verbindung zu bringen. Lotta würde sie für den Schulchor anmelden. Bei Jaqueline hatte sie das versäumt. Den Schwimmsport konnte sie ihr nach dem ersten Test zum Glück ausreden. Wie die das Kind begutachtet hatten, als ob die zukünftigen Medaillen bereits irgendwo auf seinem Körper vorgeprägt wären.

Ingrid stand bestimmt schon lauschend hinter der Tür. Das Abräumen dauerte nicht lange. Sie durfte nur ihren Kittel nicht vergessen, den gab sie Ingrid am besten mit. Dann konnte sie gleich durchfahren und sich im Modehaus umsehen. Irgendwas würde sie schon finden, das hatte sie nach dieser Feier bitter nötig. Sie mußte nur in aller Ruhe auswählen, sich nicht drängen lassen. Was sie Peter dann erzählte, würde sich ergeben. Erklärungen hatte Lotta immer parat. Sie könnte sich auf der Rückfahrt was austüfteln, einen Fensterplatz in der S-Bahn ergattern und, ihr Paket auf dem Schoß, sich was verblüffend Neues ausdenken. Im Moment machte es ihr überhaupt nichts aus, daß er sich gar keine Mühe geben würde, ihre Ausreden zu durchschauen. Sie ließ sich das nicht nehmen, das gehörte zum Kauf mit dazu. Und sicher konnte sie nie sein. Eines Tages würde er vielleicht doch stutzig werden.

# Sibylle

Sibylle stellte die Nelken ins Wasser, ging mit tänzelnden Schritten zum Fenster und zog die Vorhänge aus Sackleinen auf. Dann holte sie aus ihrer Umhängetasche eine Pappschachtel, wog sie bedeutungsvoll in ihrer Hand, öffnete sie und heftete deren goldglänzenden Inhalt an eine Falte des Vorhangstoffes. Nach einer kurzen Verbeugung zählte sie in einem Briefkuvert ihre Prämie nach. 250 Mark. Eigentlich hatte sie zum September an der Schule aufhören wollen, aber ihre Kollegen hatten sie überzeugt, daß die Jahrestagsfeier ein würdiger Abschluß sei.

Aus ihrem Flur war eine richtige Bildergalerie geworden. Die Fete für die zweiten Klassen hatte sie in ihrer Wohnung gemacht, mit Disco, Papageienkuchen, Topfschlagen und Schokoladewettessen. – Wir gratulieren unserer Erzieherin zum Tag des Lehrers. Ich und meine allerbeste Freundin. Billy hilft uns bei den Schularbeiten. – In Kunsterziehung wurden die Überraschungen gemalt, angeregt von Christel, ihrer alljährlichen Begleiterin zum Sommerfasching, mit der sie in Kontakt bleiben würde. Im Vorzimmer des Direktors hatten sie sich angefreundet. Das Du zwischen Erziehern und Kindern hatte Befremden im Lehrkörper ausgelöst, deshalb waren sie zu einer »Aussprache« vorgeladen worden. Einheitliches Vorgehen sei Voraussetzung für pädagogische Erfolge ..., mit dieser Maxime war der Genosse Direktor seiner Pflicht nachgekommen. Falls sie sich jedoch durchsetzen, den Elternbeirat auf ihre Seite bringen könnten, warum sollte er ihnen dann sein Wohlwollen entziehen. Auf ihre Überzeugungskraft brauchten sie sich nichts einzubilden, denn kurze Röcke und enganliegende Pullover hatten bereits gewirkt.

Sibylle nahm die Kopfhörer des Walkman ab. Blechern drangen die Bässe aus den winzigen Schaumstoffmuscheln. – Für die vorbildliche Erziehung zu sozialistischen Persönlichkeiten. – Die Scheinchen und keine anderen würde sie dazu verwenden, ihren weiteren, unsteten Lebenswandel gegen Krankheitsfälle zu schützen. Die Brillenschlange bei der Versicherung hatte Sibylle angestarrt, als ob sie im Begriff wäre, eine Straftat zu begehen. Ja, sie war dabei, ihr Arbeitsverhältnis zu lösen, und wollte sich für zehn Mark im Monat versichern lassen. Ihre Brust dem blassen Gesicht vor ihr entgegengestreckt, die sollte ruhig denken, daß sie damit ihr Geld verdiente. – Für ein Jahr gleich, unmöglich, in sechs Monaten werden Sie doch bestimmt wieder etwas gefunden haben, etwas Festes, Anständiges. – Das war ihr so herausgerutscht. In jedem Fall müsse Sibylles Gesundheitszustand vorher ärztlich beglaubigt werden. – Was völliger Blödsinn war, da sie noch arbeitete. Also für ein halbes Jahr, weiteres würde sich finden.

Sibylle zog den Overall aus und warf ihn über einen der hochlehnigen Stühle im Wohnzimmer. Die Plasteschnallen der Träger schlugen leicht gegen die Vase auf dem runden Eßtisch. Gerade jetzt würde sich ihre Tochter irgendeine Gärtnerei ansehen und Nelken, Chrysanthemen oder Alpenveilchen begutachten, sie wußte nicht genau, was zu dieser Jahreszeit dran war. Eigentlich hatte sie Udo, ihrem Exmann, versprochen, vor der Betriebsbesichtigung eine der Dekorateurinnen zu befragen, die immer so artig für die Umrahmung der Schulfeiern sorgten. Ein paar Hintergrundinformationen wären nützlich gewesen, schließlich ging es um die Berufswahl ihrer Tochter, auch wenn Leonore beim Vater lebte. Doch schlampig, wie Sibylle war, wurde das von Festakt zu Festakt verschoben. Zudem hatte heute, bei der Verabschiedung, jeder sie mit Beschlag belegt. Die herzenden Kinderhände gingen noch an. Rührung unbemerkt wegzulachen, darin kam ihr keiner gleich. All die guten Wünsche für den weiteren Lebensweg waren von skeptischen Blicken begleitet. Falls ihre Vorhaben nicht richtig anliefen, könne sie ja jederzeit wieder einspringen, bei ihrer Liebe zum Beruf und den Mühen der Qualifizierung damals. Ihre unbestimmte Zukunft machte neugierig und neidisch zugleich, obwohl daran überhaupt nichts Geheimnisvolles war. Sie bildete sich nicht ein, die Selbstzufriedenheit ihrer Kolleginnen anzukratzen, auch wollte sie ihnen nicht die Erleichterung nehmen, die sie verspürten, wenn sie ihre kleinen Sorgen am Frühstückstisch abließen. Aber zeigte ihnen mal jemand, wie es anders ging, fühlten sie sich gleich bedroht. Sie hatte das schon richtig gemacht, die Dekorateurin auf dem Kinderstühlchen nicht mit ihrem Privatkram zu belästigen. Außerdem schien ihr, daß die andere des Gelabers müde war. Sibylle kannte diesen gelangweilten Gesichtsausdruck. Eine wie die käme nie auf den Gedanken, sich eingefahrenen Mustern zu widersetzen, die sorgte sich um das Abendbrot und den Friseurtermin zum Wochenende. – Die Freiheit, ungerecht zu sein, nahm sie sich. Leonore würde das Blumenmeer als das betrachten, was es war, ein gehöriges Stück Arbeit, dem man Interesse und Freude erst abgewinnen mußte.

Ein paar Meter über Sibylle begann die Sirene zu heulen. Das Jaulen setzte sich um Sekunden verzögert fort, die vorgeschriebene Zeitbegrenzung nur unwillig einhaltend. In einer Stunde würde sie sich mit Udo treffen. Wo er den Lkw aufgetrieben hatte, wußte sie nicht. Verlassen konnte sie sich noch immer auf ihn. Die Schlüssel für Marlitz durfte sie nicht vergessen, aus verschiedenen drahtverschnürten Bunden hatte sie sich eine Kollektion zusammengestellt: Hoftor, Scheune, Garagen, der Keller mit den Sandkästen, in denen Mohrrüben und Porree eingeschlagen wurden. Den Haustürschlüssel unter der Fußmatte würde sie nicht mehr finden, die Zeiten waren vorbei. Der Rat der Gemeinde hatte eine Räumungsfrist gesetzt, gegen die, ein halbes Jahr nach der Überweisung des Großvaters ins Altersheim, nichts einzuwenden war. Sibylle hatte ihm versprochen, nach seiner handgeschriebenen Liste für die Aufteilung der Möbel zu sorgen und mit der Vollmacht das bescheidene Konto aufzulösen, um die Unkosten zu begleichen. Udo würde mit ihrem Teil des Hausrats noch heute zurück nach Berlin fahren. Und sie – der letzten Traktorfuhre nachweinen, die hinaus zum Müllplatz ging.

Schlimmer hatte sie sich diese Ausfahrt vorgestellt, vielleicht lag es an ihrem letzten Arbeitstag, an Udos Anwesenheit, daß sie alles gelassener nahm. Wehmut heucheln lag ihr nicht. Der Abschied von Marlitz war bereits zur 825-Jahr-Feier des Dorfes erfolgt. Dieses Fest noch zu erleben war Großvaters Bedingung gewesen. Den Stuhl ans Schlafzimmerfenster gerückt, hatte er den verregneten Umzug verfolgt. Ein Neubauerndorf erinnerte sich, daß seine Geschichte nicht erst 1945 begann. Großvaters Gruß durchs Fenster galt dem Mann im Mönchsgewand, dem einstigen Partner beim Kartoffeldämpfen. Der Oberschweizer intonierte Großvaters Lieblingsmarsch. Eine viertel Drehung nach rechts und auf der Stelle. Ein Tribut an Alter, Krankheit und Großvaters Entschluß, dem Dorf eine Last zu nehmen.

Untergehakt waren sie zaghaften Sonnenstrahlen zur Festwiese auf dem Dudel nachgegangen. Hinter den Linden am Sportplatz quälten sich einzelne Autos über die Feldwege, dem Ende der Umleitung entgegen. Trotz seines Protestes hatte Sibylle ihrem Großvater einen halben Liter aus dem Bierzelt geholt. Mit Schaumresten am Oberlippenbart hatte er den Auftritt des Männerchores aus dem Nachbardorf verfolgt und war danach zu den Ständen der Jagdgesellschaft hinübergegangen, wo neben einer Trophäenausstellung Wildbratwürste gegrillt wurden. Als fiele ihm jetzt erst wieder das Abschiednehmen ein, stand er plötzlich unschlüssig am Rand des bewimpelten Platzes, den Arm mit dem leeren Bierglas in der Hand auf einen alten Traktor gestützt, der den gesellschaftlichen Umbruch auf dem Lande symbolisierte. Die ersten Rhythmen der Discothek trieben ihn zurück auf die Bank in seinem Vorgarten.

Ihrer Mutter müßte sie noch ein paar Zeilen schreiben und die Post zurechtlegen. Sibylle ging in den langen Flur hinaus zu dem Telefontischchen. Seit einem Jahr war das der Platz, an dem sie ihre Informationen austauschten, zufällige Begegnungen ausgenommen. Seit dem Herbstfest im vorigen Oktober, dem verschlüsselten Sechzigsten ihrer Mutter, war Sibylle Besitzerin dieser herrschaftlichen Wohnung. Durch knöcheltiefes Laub waren die Möbelträger gewatet, um schon lange geplante Veränderungen zu besiegeln. Der Transport ging in den Norden von Berlin. Das Haus, in einem dornenbewehrten Garten gelegen, war nur in Schlängelpfaden zu erreichen. Sibylle zog es nicht dort hin. Sie ließen sich einfach in Ruhe. Nur das kleinste der fünf Zimmer in der Stadtwohnung hatte sich Evelyn für gelegentliche Besuche und Arbeitsgespräche im Theater ausbedungen. Soweit Sibylle zurückdenken konnte, hatte sie das Wort Mutter nicht über die Lippen gebracht. Die ehrgeizige Bühnenbildnerin hatte ihre Tochter bis zur Einschulung zu den Großeltern aufs Dorf abgeschoben.

Also: Liebe Evelyn, Großvater hat sich inzwischen eingelebt. Sein neuer Zimmergenosse sitzt im Rollstuhl. Sie machen täglich Ausflüge in die Heide. Ich fahre heute nach Marlitz, um die Wohnung endgül tig zu räumen. An den Biedermeiertisch denke ich, Udo bringt ihn mit hoch. S.

Sibylle hängte sich den selbstgenähten Beutel über die Schulter und schloß ab. Sie ging am Theater vorbei zur U-Bahn. Überdimensionale Vorankündigungsplakate klebten schlaff und feucht an der Fassade. Die Diskussionen zu Hause nahmen damals kein Ende. Wenn sie mit ihrem Campingbeutel auf dem Rücken am Sonntagabend die Wohnung betrat und die brennenden Altarkerzen sah, wußte Sibylle, sie würde noch bis tief in die Nacht erhitzte Stimmen hören. Dann sehnte sie bereits das nächste Wochenende in Marlitz herbei. Später kam eine Zeit, in der sie Gefallen an den Kostümen und Entwürfen ihrer Mutter fand und den Lesungen in ihrem Berliner Zimmer stundenlang lauschte. Bei all dem Kommen und Gehen, den geheimen Inszenierungen und ausgelassenen Festen merkte sie nicht, wie ihr Vater immer stiller wurde. Er war Gebrauchsgraphiker, beschriftete für die Post Tafeln mit Daten der Rentenauszahlung, entwarf Piktogramme und ab und an mal ein Kinoplakat. Der schöpferische Funke sei nicht übergesprungen, hatte Evelyn ironisch bemerkt, und sich Volkhard, einem Mann ihrer Fachrichtung, zugewandt. Ein halbes Jahr nachdem der neue Hausherr die Leitung der Debatten übernommen hatte, zog sich der Vater protestlos aus der Wohnung zurück.

Ein paar Büchsen Fisch hatte sich der Großvater gewünscht. Er beklage sich ja nicht, aber Fisch gebe es so gut wie nie zum Abendbrot. Wenn sie von Marlitz aus mit dem Bus ins Altersheim fuhr, hatte sie gleich ein Mitbringsel. Sie wollte das am Alex erledigen, dann die S-Bahn zur Friedrichstraße nehmen, um sich mit Udo zu treffen.

In der U-Bahn machte sich eine üppige Blondine neben Sibylle breit und tat geheimnisvoll. In ihrer Handtasche steckte ein Bündel Briefe, Zuschriften, die sie mit einer Haarklemme hastig öffnete. Sibylle erspähte ein Farbfoto: Gut situierter brünetter Typ mit Bauchansatz. So, wie die aussah, dürfte sie das nicht nötig haben. Die Blondine hätte sich vertrauensvoll an eine erfahrene Ratgeberin wenden sollen, wie Sibylle eine war. Sie wußte, was Männer begehrten: langbeinig, nicht zu klug und orgasmusfähig, mit Sinn fürs Häusliche; Mädchenfrauen, für die Emanzipation ein Fremdwort war.

Mein Standort – zwischen olé, o.k. und oje, sozusagen seelisches Bermudadreieck. – Und damit dir mein Kleid aus Zärtlichkeit auch anliegt, ist eine Bildzuschrift erbeten, eine möglichst heiße.

In einem Anfall geistiger Verwirrung hatte sie ähnliches mal als Test für ihren Marktwert aufgegeben. Der Erfolg war, trotz aggressiver Sinnlichkeit, mittelmäßig, beigegebene Fotos spiegelten unerschütterliche Selbstgefälligkeit. An die Badezimmerwand hatte sie das Dutzend integrer Persönlichkeiten gepinnt und ihnen aus der schaumbedeckten Wanne eine unzüchtige Rede gehalten. – Viel Glück bei Ihrem ersten Rendezvous und zeigen Sie's ihnen, sagte sie dann doch nicht, als sie am Alex ausstieg.

Sibylle lief die defekte Rolltreppe hoch. Vor den Gepäckautomaten hatte sich eine Menschentraube gebildet. Am Ausgang wühlte eine Frau in den Abfallcontainern und zog senfbeschmierte Pfandflaschen zwischen Bockwurstresten hervor. Eine Schulklasse stand vor der Losbude herum. Sibylle hatte immer vergeblich dagegen protestiert, Stadtbummel als Wandertage auszugeben. Bildungsbesessen, hörte sie einmal hinter ihrem Rücken. Fernsehturm, Vergnügungspark und Freizeitzentrum waren die Säulen hauptstädtischer Werte, die vermittelt wurden, gewollt oder nicht. Zu beweisen, daß es anders ging, war ihr allerdings gelungen. Ihre Museumsbesuche konnten zu abenteuerlichen Ausflügen werden. Beim Großvater in Marlitz hatte sie ihre Kinderschar mit Schaufeln und Spaten bewaffnet, dann waren sie den einstigen slawischen Burgwällen zu Leibe gerückt, die sich als kaum merkliche Erhebung über Felder und Wiesen zogen. Seitdem brachten ihr die Hortkinder jede Scherbe mit, die sie beim Buddeln im Garten fanden. Es mußte nicht unbedingt ein Arbeiterführer sein, dessen Weg man zurückverfolgte. Doch wer gab ihr das Recht, ureigene Zweifel in Kinderherzen zu streuen, Zwiespalt zu säen. Wenn Eltern mit Fernbedienungsknöpfen und Heimcomputern spielten und bei jeder weiteren Miniaturisierung ehrerbietig erschauerten, Lehrer ihre Schüler wegen irgendeines Solls zu gesellschaftlichen Wochenendveranstaltungen zwangsverpflichteten … Immer mehr, schneller und besser. Bei ihren ersten Telespielen würden sie über die Hortnerin lächeln, die mit staubigen Backsteinfassaden und Tonscherben Eindruck schinden wollte. Was nicht hieß, daß Sibylle Neuem gegenüber unaufgeschlossen war.

Beweglich wollte sie bleiben, in der Liebe wie im Beruf.

Ihre Sardinen hatte Sibylle erstanden. Frischfisch genoß den Vorzug, eingewickelt zu werden. Wie sie mit den fettigen Büchsen verfuhr, blieb ihr Problem. Also eine Zeitung gekauft. Sie müßte unbedingt im Gemeinschaftskühlschrank nachschauen, ob der Großvater wieder gehortet hatte. Bei ihrer ersten Aufräumaktion in Marlitz war ein ganzes Warenlager zum Vorschein gekommen. Abends allein vor dem Fernseher wollte sie sich den sowjetischen Champagner spendieren, doch was da gelb und träge aus der dickwandigen Flasche rann, verdiente die Bezeichnung nicht mehr.

Die S-Bahn hielt einige Sekunden, und Sibylle sah durch den brüchigen Bretterzaun auf die Kaserne hinunter, vor der sich der große Wachaufzug formierte. Den letzten Reservistendienst mußte Udo dort unten als Kraftfahrer antreten. Wir machen das schon, hatte er Sibylle geantwortet, als sie sich anbot, Leonore zu betreuen. Ob Udo tatsächlich nicht wollte, konnte sie nicht mehr einschätzen, dazu waren sie bereits zu lange auseinander.

Vor dem Glaskasten am Grenzübergang vermischte sich die Schlange der Rentner mit den Wartenden am Taxistand, Udos Stammplatz, zu dem er sich hochgearbeitet hatte. Je näher der Mauer, desto begehrter waren die Plätze. Natürlich durfte Udo kein Westgeld kassieren, doch gelegentlich setzte er sich der Gefahr einer Kontrolle schon mal aus. Udo hatte von einem Familienunternehmen in einer Kleinstadt geträumt, bei dem sie eine maßgebliche

Rolle spielen sollte: mit einem zweiten Wagen rund um die Uhr für Hochzeiten, Jugendweihen und Trauergäste, für eilige FDGB-Urlauber und verspätete Soldaten, die sich von Frau und Kind nicht trennen mochten. Eine, die erpicht darauf war, seine Träume mit zu verwirklichen, hatte er bisher nicht gefunden. Sie war dabei, sich ihr bißchen Leben selbst zu versüßen, wenn jemand mit Bereitschaft zur Anpassung dazustoßen sollte, nach eingehender mißtrauischer Prüfung …

Nie hatte ihr Udo verraten, weshalb er damals nicht weitergefahren war. Sibylles lässiges, sieggewohntes Handzeichen in flimmernder Hitze brachte die schwarze Tatra-Limousine zum Stehen. In die weichen Polster gedrückt, die Vorhänge halb zugezogen, betrachtete sie den biederen jungen Mann mit Schlips und Schweißperlen im fleckigen Gesicht. Darüber war sie eingeschlafen. Geweckt wurde Sibylle von einer Verkehrskontrolle. Wortlos musterten die Uniformierten ihre staubigen Beine auf dem graublauen Samt. Die Konsequenzen folgten einige Tage später, und Udos Mienenspiel nahm den Ausgang vorweg. Das war der eigentliche Grund ihrer ersten Verabredung gewesen: Mitleid. Natürlich wurde Udo weitervermittelt, nur fuhr er die Strecke Schönefeld–Niederschönhausen jetzt seltener. Wie er auch später noch mit einer angedeuteten Verbeugung die Wagentür eilfertig öffnete, der VIP-Umgang war nicht zu leugnen, was den Trinkgeldern keineswegs abträglich war.

Sibylle ging an der US-Botschaft vorbei und bog in eine Seitenstraße ein, die Lärm und Hektik der Magistralen verschluckte. Zwei Schwarze in grellroten Overalls schoben einen Plastecontainer gleicher Farbe aus einem kamerabewehrten Nebeneingang des Botschaftsgebäudes heraus. Der eine von ihnen hatte gegen den Nieselregen einen Schirm aufgespannt, den er schützend über sich und seinen Kollegen hielt.

Wie gut sie diese Ecke kannte. Das miese Lebensmittelgeschäft, den dicken Optiker, der mehrmals am Tag sein »Komme gleich wieder« an die Tür hängte, um mit den Friseusinnen nebenan zu schwatzen. Lastzüge, die zu den unmöglichsten Zeiten die schmale Straße verstopften und ihr kostbares Gut für Intershops und Diplomatenläden freigaben. Hatte Udo diesen Treffpunkt absichtlich gewählt, um alte Erinnerungen aufleben zu lassen? Nur ein paar Schritte weiter, wo der Polizist mit gelangweilter Miene irgendeine wichtige Einfahrt bewachte, dort im Souterrain, fing alles an – mit einem verfehlten Berufswunsch. Die übertriebenen Hoffnungen, die sie damals in die Ausbildung als Fotolaborantin gesetzt hatte, waren von ihrer Mutter angestachelt worden, die ständig Sibylles gute Voraussetzungen beschwor und daß es nicht in jedem Fall ein Studium sein müsse. Fotografen wurden befragt, künstlerische Aspekte gemeinschaftlich diskutiert, ein Fotolabor in einer der Kammern eingerichtet. Das Wort Leidenschaft mochte Sibylle nicht, aber eine einzige große Erregung hatte sie angefallen. War es nur das Spiel mit der Kamera gewesen, das sie dazu getrieben hatte, ihren Körper zu zerstückeln, in abartigen Kompositionen zusammenzusetzen, Details bis zur Unkenntlichkeit zu vergrößern? Tage hatte sie damit zugebracht, sich selbst zu fotografieren. Aber was sich im Entwicklerbad zeigte, gab ihr nur neue Rätsel auf. Sibylle schien es, als begnügte sie sich mit Oberflächlichkeiten, einem matten Lob ihrer Mutter, das bereits Desinteresse verriet. Nach drei Jahren hatte sie ihren Abschluß, und die Sache war für sie erledigt. Udo hatte nichts zu tun mit ihrer nagenden Unzufriedenheit. Das dachte sie, wenn sie in ihrem abgedunkelten Raum zusammen Mittag machten und er die Trockenpressen kontrollierte, einzelne Bilder herausnahm und betrachtete. Doch wenn Sibylle seine Sattheit spürte, in die er sich wohlig verkroch, dann haßte sie ihn für seine Durchschnittlichkeit.

Sibylle trat näher an den Bordstein heran. Als Taxifahrer war Pünktlichkeit selbstverständlich, sie mußte ihn dafür nicht loben. Hinter dem Lenkrad des Lkw wirkte Udo fast ein wenig schmächtig, aber vom Fahren verstand er was, vom kultivierten Fahren. Dem ältesten Schinken konnte er eine gewisse Eleganz abtrotzen. Den Arm hilfreich zu ihr heruntergestreckt, nichts anderes hatte sie erwartet. Ein Kuß auf ihre cremigen Lippen, der mochte viel oder nichts besagen. Mißbilligend sog er die Wangen ein, doch zu ihrem Gläschen täglich stand sie. Sibylle blickte prüfend auf seine Garderobe. Sie konnte es nicht lassen, als ob sie im nachhinein ihre Unentbehrlichkeit anhand fehlender Knöpfe und verkrusteter Soßenflecke nachweisen wollte. Mit seiner besorgten Frage nach Decken und Schnüren forderte Udo sie gleich zum Wichtigsten heraus. Seine Sachlichkeit verdarb ihr jedes Vorgeplänkel. Das Pensum wurde abgearbeitet, ohne schmückendes Beiwerk. Das war der Punkt, von dem der weitere Verlauf des Tages abhängen würde; ob der vage Rest ihrer Beziehung sich im Austausch von Informationen erschöpfte. Gebunden an seine Zusage, würden sie es miteinander aushalten müssen. Sibylle war hier der Auftraggeber, der die Rechnung zu begleichen hatte: fürs Benzin. Bereitschaft und kleine Möbelträgerdienste buchte sie unter moralischem Beistand ab. Wie es sich gehörte, würde sie ihn an einer der Raststätten zu Kaffee und einem Imbiß einladen. Doch soweit sie Udo kannte, war das überflüssig, denn ohne Thermosflasche und belegte Brote ging er nie aus dem Haus. Daß er nicht nur an sich selbst dabei dachte, setzte sie voraus. Und solch ein treusorgender Charakter lief nun ohne Frau herum, jammerschade war das. Die Hänseleien nicht zu weit zu treiben, hatte sie inzwischen gelernt, sehr spät zwar, jedoch aus der Haut gefahren war er nie. Da war der Spaß dann bei ihr in krankhaften Ehrgeiz umgeschlagen, dies wenigstens einmal zu erreichen. Ungehalten über ihre Mißerfolge hatte sie versucht, ihr schlechtes Gewissen in einer Flut von Gemeinheiten zu betäuben.

Wie geduldig Udo an die Kreuzung heranzukkelte. Sibylle wippte nervös mit den Knien. Woher der Diplomatenwagen vor ihnen kam, interessierte sie nun wirklich nicht, es gab wichtigere Dinge, als sich die Nummern der akkreditierten Länder einzuprägen. Sie dachte an Udos Vergangenheit und schwieg gereizt. Bei ihr mußte die Luft in gewissen

Abständen richtig raus, dazu war das Auto da. Rauf auf die Autobahn und eine Kassette nach der anderen eingelegt, das war ihr bestes Rezept gegen Schlaflosigkeit und Alpträume. Einmal war sie aus einem Traum aufgeschreckt, in dem sie eben entwickelte Fotos mit der Maschine abschreiben mußte. Die glatten Flächen, die die Scheinwerfer in der Dunkelheit ertasteten, wirkten beruhigend, die wellenartigen Traumgebilde vor ihren Augen verschwanden, und die Betonbahn weitete sich. Wälle an den Seiten boten die Sicherheit einer Landepiste. Die Positionslichter der Trucks kündeten von Nothilfetransporten. Mit den ersten Milchautos kehrte sie in die Stadt zurück.

Vor ihnen stoppte ein Polizist die stadteinwärts fahrende Wagenkolonne. Drei schwarze Limousinen bogen lautlos in eine Seitenstraße ein. Udo verkniff sich einen wehmütigen Blick, so ganz würde er die Degradierung zum Taxichauffeur wohl nie verwinden. Sibylle dachte an die Doppelschichten, die er auf ihr Drängen hin geschrubbt hatte. Mindestens zweimal in der Woche servierten sie sich mit ihren Schwarztaxifahrten ihren eigenen Krimi. Wahrscheinlich gehörten sie zu den höflichsten und gewieftesten Kutschern von Berlin. Sibylle bezog sich da ein, denn ohne ihre nächtliche Anwesenheit wäre absolut nichts gelaufen. – Was Sie uns geben möchten, liegt völlig in Ihrem Ermessen. – Udo hatte das nervlich nicht durchgehalten, und nur zu ihrem Vergnügen wollte sie ihn nicht länger triezen.

An einen Bauzaun aus Asbest malten Kinder Märchenmotive. Zur nächsten Kreuzung zu, wo die Platten bereits rissig und teilweise eingetreten waren, hingen einzelne verwaschene Plakate. Sie erkannte einen Entwurf ihres Vaters wieder, den er ihr stolz bei ihrem letzten Besuch gezeigt hatte. Seine umständlichen Erklärungen zeugten von dem Bemühen, ihrer Mutter nicht nachzustehen. Er wußte nicht, wie wenig er der Tochter damit imponierte. Armeeaufträge hielten ihn über Wasser. Sein Niveau glich sich dem kleinstädtischen Milieu, in dem er jetzt lebte, mehr und mehr an. Die selbst entworfenen Neujahrskarten, sein einziger Gruß über Monate, ließen das unschwer erkennen, die konfuzianischen Sprüche als Beigabe nutzten da nichts.

Udo bremste kurz. Einer dieser Traktoren von der Oper scherte nach links aus. Hinter ihm ein fahrbarer Kleiderständer, abnorm lang und in faschingshafter Buntheit. Aus den Kostümen sprang ein kahlköpfiger Mann mit säuberlich geflickten Jeans auf die Straße und forderte mit übertriebenen Gesten die Autos zum Halten auf. Sibylle brauchte Udo nicht anzuschauen, um seinen Unwillen zu spüren, solche Typen waren ihm höchst suspekt. Diese kindische Eifersucht verdankte sie ihrer eigenen Offenheit, die sie ihm damals schuldig zu sein glaubte. Von ihren Tramptouren hatte sie berichtet, von spendierten Mahlzeiten und Nachtquartieren, von Zudringlichkeiten, faulen Tagen an versteckten Seen und üppigen Wiesenhängen, kalten Hochgebirgsnächten und frostig klingenden Lautsprecheransagen, die einen in die Heimat zurückriefen. Sie erzählte über die goldene Stadt, in der sie hängenblieb, verständnislos erhitzten Diskussionen lauschte. Wirf das alte Zeug weg, hatte Udo kategorisch zu den Flugblättern und Plakaten erklärt. Aber nicht das war es, was er hören wollte, nach ihren Männergeschichten stand ihm der Sinn. Umständlich erfragte er Details. Nicht Unschuldsbeteuerungen, Fakten wollte er. Sibylle fühlte sich eindeutig im Vorteil. Was hatte er auch dagegenzuhalten; ausgedehnte Angeltouren mit dem Segelboot eines inzwischen verschollenen Freundes, Sommeraushilfsdienste bei der Post, für ein Tonbandgerät, das ihn wochenlang an das Radio bannte. In jener Zeit war Sibylle noch mittellos gewesen. Sie verbummelte ihre freien Tage am Strand. Im Grunde konnte sie machen, was sie wollte, mit seinen Komplexen ihr gegenüber legte er jede Kleinigkeit gegen sich aus. Traf sie alte Bekannte auf der Straße, fühlte sich Udo von den Gesprächen ausgeschlossen und insgeheim belächelt. Jedenfalls war aus solchen Begegnungen sein Phantombild eines Nebenbuhlers entstanden, von dem er sich in den harmlosesten Situationen herausfordern ließ. Wie in dieser mit dem Kahlkopf eben.

Sibylle lehnte sich ein wenig nach links und faßte eine Haarsträhne an Udos Hinterkopf, die sich leicht nach außen wellte. Und wer schert meinem Grauchen jetzt die dünner werdende Lockenpracht, sagte sie boshaft. Mehr als ein unwilliges Brummen bekam sie nicht aus ihm heraus. Sie begriff nicht, weshalb er sich noch immer an diesen Typen hochschaukeln konnte, obwohl seine Abneigung damals nicht völlig grundlos war. Jakob hatte auf dem Sommerweg in Richtung Marlitz das längst fällige und unausweichliche Verhängnis ausgelöst. Der Planwagen mit dem müden Pferd davor erinnerte sie an Bäckermeister Kärgel, der zweimal in der Woche frisches Brot und Brötchen ins Nachbardorf fuhr; ohne das lustige Scheppern von Töpfen und Pfannen allerdings, ohne Bunde von Zwiebeln und Mohrrüben und den Sack Heu hintendran. Jakob, mit Schlapphut und stoppligem Kinn, kam von Tour, vom Info-Trip zu Gesinnungsgenossen im Havelländischen und für Sibylle gerade richtig, um sie von sengender Hitze und weichem Asphalt zu befreien, der in grauen Klümpchen an ihren Schuhen klebte. Unter der schattigen Plane redete sie sich die Wut aus dem Bauch, gestikulierte auf einen wohltuend stummen Jakob ein. Sie räsonierte über unvorhergesehenen Schienenersatzverkehr der Schnellbahn und verpaßte Anschlußzüge. Die Kreisstadtbusse, durch den Aufbauwillen der Hauptstadt ohnehin planmäßig dezimiert, waren der dichten S-Bahn-Folge nicht gewachsen. Sibylle war vor den Menschenmassen geflohen, vor geifernden Alten, Ferienlagergruppen und einer auf Dauer eingerichteten Kinderwagenburg.

Kurz vor Marlitz hatte Jakob fragend aufgeschaut. Da wußte Sibylle, daß ihre Flucht weiterging, denn sie war unstet, für eine dauerhafte Partnerschaft in keiner Weise geeignet, enttäuschend in jeder Hinsicht, in fast jeder. Udos blindwütige Treue nahm ihr von vornherein jede Lust auf einen Seitensprung. Dieses Anhimmeln war ihr lästig gewesen, vielleicht hätte er etwas derber zupacken müssen, sie anstelle von Streicheleinheiten mit Problemen bedrängen sollen. – Was meinte Udo, sich da aufgelesen zu haben; etwas Stinknormales, das Sonderbehandlungen nicht vertrug. Doch es war vergeblich, ihm dies beibringen zu wollen.

Sibylle fuhr mit ihrer Hand hätschelnd über Udos Haar, um sie dann, zur Faust geballt, hart an der Kopfhaut hochschnellen zu lassen. Kopfnuß nannte sie das. Aber sie wollte keinen Unfall heraufbeschwören, als kleine Erinnerungsstütze für sie war das gedacht. Udos Gerede von Überm-Berg-sein, es endlich geschafft haben, signalisierte für Sibylle den Endzustand, eine Vollkommenheit, in der sie sich träge rekeln durfte. Jakob war nur eine glückliche Fügung gewesen, sie bereute da nichts.

Am Fenngraben entlang fuhr Jakob damals zum Kiek. Bis zur alten Heerstraße mit dem zugewachsenen Torfstich und den Osterbergen, weiter war Sibylle auf den Spaziergängen mit dem Großvater nie gekommen. Die einstige kirchliche Domäne wurde durch den Briefträger wieder ins Gespräch gebracht, der sich durch Sand und Heidekraut quälen mußte, um die Post zuzustellen. Die sich dort angesiedelt hätten, würden auf biologisch machen und nackend und durcheinander in den Wiesen herumliegen, so daß er die drei Familien gar nicht auseinanderkriege. Im Haus des Ziegeleiarbeiters Jakob wurde ihr die Mansardenstube angeboten. Dankbar für unterlassene Fragen schrieb sie auf umweltfreundlich grauem Bogen ihre Forderung an Udo: Trennung der Ehe, ansonsten würde sie den ihr vom Zufall angetragenen Ort sobald nicht wieder verlassen.

Ob Udo diesen Brief noch aufbewahrte, versteckt unter Wäschestapeln oder als Anhang zum Scheidungsurteil? Wie oft dachte er nach all den Demütigungen überhaupt noch an sie. Fakt war, daß sie sich in letzter Zeit zu häufig trafen, wenn auch aus triftigen Gründen. Endgültig wurde man sich eben doch nicht los. Viel hatte ihm Sibylle über ihre drei Wochen auf dem Kiek nicht erzählt, nur von Enthaltsamkeit und offener Lebensweise geschwärmt, von der imponierenden Gleichgültigkeit gegenüber allen Wohlstandsverführungen. Über Bio-Gärtners Arbeitsbüchern und Wildkräutersalat waren die Abende vergangen. Willig fügte sie sich gutgemeinten Belehrungen – ein Öko-Bauer gräbt nicht um, nimm den Sauzahn zur Bodenlüftung – und machte nur den täglichen Rummel um neue Zucchettiblüten auf fäkaliengesättigtem Boden nicht mit. Obendrein schien dieses Blumen-Gemüse-Gemisch ringsumher einträglich zu sein, das Schild auf der Lichtung widersprach anderslautenden Beteuerungen: Lassen Sie Ihren Wagen hier stehen, Sie tun es dem Gemüse zuliebe, das Sie kaufen.

Damals war Sibylle erleichtert, als ihr selbstgewählter Stichtag kam. Den von ihr bestimmten neutralen Ort hatte sie Udo in letzter Minute telegraphisch preisgegeben. Vor Kiwistauden, denen zur Befruchtung der männliche Blütenstaub fehlte, und dem Zeugen Jakob war Udo bereit, Sibylles Scheidungsklage einen Zusatz beizugeben, der Versöhnungsversuch und lästige Fragen von vornherein ausschloß. Sie hatte über Udos geborgtes Fahrrad gelacht, das eine Konzession an die alternative Szene war.

Die Neubauten mit den Erkerfenstern gegenüber der Ringbahnhalle kannte sie noch nicht. Wenn der

Wagen weniger ruckeln würde, könnte sie die Wandtafel davor entziffern. Mit einer Geschwindigkeit wuchsen die Häuser, da wurde ihr die Stadt fremd, obwohl sie sich auf ihre lokalen Kenntnisse etwas einbildete. Über Jahre hatte sie sich auf Grautöne eingestellt. Die ersten kräftigen Farben im Stadtbild, an die sich Sibylle erinnerte, waren ihr aufdringlich erschienen. Es war das blau-gelbe Markenzeichen der schwedischen Firma gewesen, die das Palasthotel gebaut hatte. Vom Café gegenüber bestaunte sie einen Musterbau, an dessen Entstehen sie zumindest stundenweise Anteil nahm. Dort pflegte sie auf Harri zu warten, ihren Bilderbuchskandinavier, der sie, mehr aus Frust denn aus Lust, ungeniert angemacht hatte. Udo mußte ihn noch kennen, oder brachte sie ihre paar Männer schon durcheinander? Aber er durfte ganz beruhigt sein, in den fünf Jahren mit ihm war sie sauber geblieben, obwohl ihr das niemand abnahm, wo doch ihre Untreue amtlich bestätigt vorlag.

– Wann fand der letzte eheliche Verkehr statt? – Alternierend, hatte sie gesagt, mit dem neuen Partner.

Auf dem Kiek hatte sich Udo verpflichtet, als Betrogener herzuhalten, um ihre Entscheidung vor Gericht unanfechtbar zu machen. Das Corpus delicti hätten sie ebenfalls erbracht, aber dazu kam es nicht. Harri hatte mit der Scheidung nichts zu tun. Von vornherein war ihr klar, daß die Sache nur schiefgehen konnte. Harri wollte sie als Schlafpüppchen haben, damit ihm das Staplerfahren besser bekam und ihn sein Heimweh nicht auffraß. Immerhin hatte sie sich Hoffnungen gemacht und ihr Sexappeal zu hoch veranschlagt.

Sibylle zündete sich eine Zigarette an und kurbelte das Fenster halb herunter. Die vergessene Holzbaracke an der Straße markierte die Stadtgrenze Berlins. Was unter dem unförmigen Herz mit dem Pfeil stand, konnte sie nicht entziffern. Auf der rissigen Betonfläche neben einer Fahnenmasthalterung war ein schrottreifer Pkw abgestellt. Neugierig hatte sie als Kind vom Fahrrad aus die Westwagen bestaunt, die dort halten mußten, dem umstrittenen Status der Stadt ausgeliefert. Gestatten, sagte sie eher zu sich selbst, beugte sich zu Udo hinüber und holte mit sicherem Griff aus seiner Brusttasche die Milchdrops hervor. Wenn diese Kleinigkeiten stimmten, war noch nichts verloren. Großvater klopfte solche Sprüche. Nach dem Auszug ihrer Mutter hatte sich Sibylle vorgenommen, den Großvater in ihre Stadtwohnung zu holen. Sie hatte sich vorgestellt, wie sie mit ihm durch den Park gehen, ihm an den Abenden seine Lieblingsbücher vorlesen würde. Sein kategorisches Nein akzeptierte sie, denn er wollte in der Nähe von Marlitz und der Heide bleiben. Auf die Idee, zu ihm ins Dorf zu ziehen, war sie nie gekommen, obwohl sie der Gedanke an das Altersheim quälte. Sibylles hektische Aktivitäten nach der Einweisung des Großvaters waren die Reaktion auf ihr schlechtes Gewissen gewesen. Plötzlich fühlte sie sich abgeschnitten von dem Ort, der ihr immer neuen Mut gegeben hatte; und ohne sich dies einzugestehen, traf sie Udo wieder häufiger.

Dieses Lächeln, das sie an Udo so gemocht hatte, wollte sie ihm während der Fahrt noch abluchsen. Seinen mitfühlend-besorgten Blick konnte er sich schenken. Was sie vorhatte, war ausschließlich ihre Sache. Sie würde schon damit durchkommen, mit viel Abwechslung und einem Mordsspaß dazu. Um die pünktliche Zahlung der Alimente brauchte er nicht zu bangen, außerdem war er nie kleinlich gewesen. Hartnäckig bestand sie darauf, ihm das Geld für Leonore persönlich zu geben. Sie hatte damals Eleonor als Namen vorgeschlagen, doch der erinnerte ihn zu penetrant an jenen Song. – all the lonely people where do they all come from – Ihr Kompromiß: Das »e« vorne weg, hinten angehängt und treudeutsch ausgesprochen, worauf er achtete. Masche hatte Udo ihre Musikbesessenheit genannt. Während er seinen Skatkollegen zu Hause beim Bier die neuesten Aufnahmen vorspielte, war Sibylle mit irgendeiner Freundin unterwegs, um Karten für den Jugendtanz zu ergattern. Was interessierte sie, mit wem sie tanzte, aber das verstand Udo nicht. Und seine argwöhnischen Fragen verdarben ihr den Spaß. Sie ließ sich nicht vorschreiben, welchen Hobbys sie nachgehen sollte, entweder hatten sie sich auf zwei freie Tage voneinander im Monat geeinigt oder nicht.

Auch in ihrem Alter konnte es nicht schaden, wenn sie die neuen Rock-Trends verfolgte, das weitete den Horizont. Auf heavy metal stand sie mal, Dauersperrfeuer, um die Gehörgänge kräftig durchzupusten. Tierisch guter Sound, war Leonores Kommentar. Auf dem Kanal verstanden sie sich, obwohl

Sibylle ihren Gefühlen manchmal nicht recht traute, vielleicht war bei ihrer Begeisterung auch Imponiergehabe im Spiel, um der Tochter zu gefallen.

Sie hätte ihren Walkman mitnehmen sollen, aber gelegentlich, wenn Udo froh war und sich unbeobachtet fühlte, sang er auch. Heute wünschte sie sich das. – Nach dem Scheidungsurteil hatte Sibylle Udo ins Café eingeladen und ihre Emotionen bewußt heruntergespielt. Das befreiende Erlebnis war es für sie nicht gewesen, obwohl alles nach ihren Vorstellungen verlief. Udo hatte, wie besprochen, das Erziehungsrecht für Leonore übernommen, doch sie war nicht fähig gewesen, vor dem richterlichen Gremium ihr gestörtes Verhältnis zur Tochter glaubhaft zu machen. Sollte sie über ihr Erschrecken reden, Leonore zeitweilig vollkommen vergessen zu haben, über zerbissene Brustwarzen und bemühte antiautoritäre Annäherungen? Als Partner versuchte Sibylle ihre Tochter wiederzuentdecken. Geborgenheit, die auf Dauer trügerisch war, lockte sie in Abständen zurück in die gemeinsame Wohnung. Wenn sie Leonore abholte, um mit ihr ins Kino oder in ein Konzert zu gehen, malten sie sich vorher an, da fühlte sie sich als ältere Schwester. Doch um sich mit ihr auszusprechen, reichte das nicht. Sie wollte über die beiden mehr erfahren, aber sooft sie dieses Thema anschnitt, blieb Leonore fast feindselig stumm. Sibylle war ihr bisher eine überzeugende Antwort auf die Frage schuldig geblieben, weshalb sie Udo damals verlassen hatte. Wenn einer das überhaupt erklären konnte, dann Udo; ihre Ausflüchte machten sie selber ungehalten.

Der Radweg nach Marlitz hatte einer breiten Fahrspur weichen müssen. Die alte Heerstraße war zur Panzerstraße geworden, die ein Schlagbaum versperrte. Udo nahm ohnehin lieber einen Umweg, als auf dieser zerkurvten Strecke den Wagen zu ruinieren. Wenn es um seine Heiligtümer ging, konnte er konsequent sein. Sibylle hatte den Fotoapparat für einige Abschiedsbilder eingesteckt, doch was sollte sie fotografieren: den dreistöckigen Wohnblock, Bauernhäuser mit schmiedeeisernen Lämpchen und Wagenrädern im Vorgarten, das ehemalige Gutshaus, in dem die LPG Kartoffeln lagerte oder die halbverfallene Scheune auf dem Hof mit den muffigen Strohballen, in der sie ihre ersten erotischen Erlebnisse herbeigesehnt und damit ihren Cousin verschreckt hatte.

Sibylle legte ihre Hand auf Udos Knie. Ein Zeichen von Vertrautheit war das gewesen, das in ein anderes Gefühl übergehen konnte, wenn man sie höher schob. Kam ihm da überhaupt was an, wenn sie so Fingerbreite um Fingerbreite, die Nägel leicht in den Stoff gekrallt ... Das Schalten nicht vergessen Udo. Seine sexuellen Erlebnisse waren für sie tabu. Erfahren hätte sie schon gerne, wie das jetzt klappte bei ihm, verklemmt wie er war. Ob sie's noch mal miteinander versuchten, weiter draußen am gesperrten Weg zur Mülldeponie? Sie taten keinem weh damit, einfach ein bißchen abspannen. Warum sollten sie nicht miteinander schlafen, solange niemand einen festen Partner hatte, auch wenn es nur ihrer Ausgeglichenheit wegen war. Bequem, sicher und erfolgreich in erprobten Stellungen, aber nach einigen Monaten erlahmte das Begehren. Sibylle zog ihre Hand zurück.

Fest stand, sie würde Udo nicht mit ins Altersheim nehmen. Großvaters Illusionen neue Nahrung zu geben, wäre unverantwortlich. Ein gemeinsamer Besuch wäre für ihn das untrügliche Zeichen. Was sind schon zehn Jahre Kindchen, hatte er nicht nur einmal gesagt und ihr dabei den Hals getätschelt. Eine Fehlentscheidung hatte der Großvater ihre Trennung genannt, sich mit nachträglichen Versöhnungsgesten jedoch in der Hoffnung zurückgehalten, daß sich die Wogen glätten würden. Und tatsächlich schien in den ersten Wochen nach der Scheidung alles besser zu laufen, als hätte sich irgend etwas plötzlich verändert, richtig neugierig waren sie wieder aufeinander. Da fürchtete Sibylle um ihre amtlich beglaubigte Freiheit und war mit letzter Kraft weggezogen; nicht zu Jakob, bei dem sie jederzeit willkommen war, sondern zu Maja, einer ehemaligen Privatsekretärin und schrulligen Auftraggeberin. Bei ihrem damaligen Chef im Fotolabor hatte Maja vorgesprochen, und Sibylle war beauftragt worden, drei Edelkatzen abzulichten. Da ein Transport der Tiere ins Atelier unmöglich schien, suchte sie Maja zu Hause auf. Der veranschlagte Aufwand von zwei Stunden wuchs sich zu einem vollen Nachmittag aus, zum ersten Kennenlernen. Mit aufgedrängtem Katzenbrevier war sie am nächsten Morgen im Fotolabor erschienen, um sich weitere Arbeitszeit auszubitten. Das Resultat ihrer Mühen ließ Maja unbefriedigt, und Sibylle vermochte sie nur durch ihr Versprechen zu beruhigen, wiederzukommen. Woraus dann ihre Freundschaft wurde.

Bis Evelyn die Wohnung räumte, wohnte Sibylle bei Maja, die sie mal freundschaftlich, mal mütterlich behandelte, wie sie es gerade brauchte. Praktisch und mittels Bergen von Büchern versuchte Maja, ihr das Gefühl für den siebenten Katzenhimmel zu vermitteln. Für eine Woche mit Katzen und tagesfüllenden Pflichten alleingelassen, mußte Sibylle telefonische Lageberichte geben, für die sie Majas Instruktionen als Muster nahm:

Die Hauptmahlzeiten siehe gerahmten Vordruck über Jugendstilschränkchen. Enzian nascht seine gekochte Plötze gern im rechten Spülbecken, aber trocken muß es sein (Geschirrtuch). Brekkies bitte in die drei Näpfchen als Praliné und Mitternachtshappen. Je nach Wärme sind sie sehr hungrig oder »gedämpft«. Und Einauge nicht vergessen, der wartet still im Garten auf die Reste, ist schwerhörig.

Sie schätzte Majas Vertrauensbeweis, denn dadurch war sie auf die Idee mit der Katzenpflege gekommen.

Sibylle drehte sich Udo zu. Vom Neuigkeitswert mußte sich die Tour doch für ihn lohnen, bestimmt dachte er, dies sei wieder eine ihrer Verrücktheiten, aber da irrte er. Sibylle hatte ihren Kombi umbauen lassen und sich, mit Maja als Mäzen, bereits einen Kundenkreis geschaffen. Die Wohnung wollte sie als Katzenpension einrichten, für Leute, die für ihre Samtpfötchen zahlten, um sie im Urlaub in anheimelnder Sicherheit zu wissen. Wenn sie damit nicht ihren Unterhalt bestreiten konnte. – Mekorna als

Dessert hat Ihrer Mimi bei mir sehr zugesagt. Quark mit Leinöl und Kaffeesahne bei Unpäßlichkeiten. Und als kleine Bettlektüre ... Sie war wieder dabei, Udo aufzuziehen. Er hatte doch nichts dagegen, daß sie ihre Jacke ablegte, was sich unter ihrem Herrenhemd markierte, war ihm schließlich bekannt, nur ein wenig fester damals. Sibylle schob die Hände unter ihre Schenkel. Evelyns Eifersucht hatte ihr die Wochenenden bei den Großeltern auch während der Schulzeit erhalten. Ehe sich in Sibylle überhaupt etwas regte, das Begehren wecken konnte, suchte die Mutter sie so oft als möglich von dem um ein paar Jahre jüngeren Volkhard fernzuhalten. Die freien Sonnabende, die Evelyn ihr spendiert hatte, waren nicht zu zählen. Mit der Ermahnung, folgsam zu sein, entließ man sie. Am Bahnhof erwartete sie die Großmutter, klein, hager und durch Diabetes halb erblindet, was Mißtrauen und Gehör in peinigender Weise schärfte. Mehr blieb von ihr nicht in Sibylles Erinnerungen. Ihr Aufenthalt in Marlitz schien ein ewig langer Sommernachmittag gewesen zu sein, der mitdem Mittagstisch begann, wenn der Großvater mit zittrigen Händen seine Suppe schlürfte. Das Gesumm im Küchendunst wurde nur durch seine kurzen, klatschenden Schläge unterbrochen. An der Anzahl der toten Fliegen las Sibylle bereits die Länge ihrer Gute-Nacht-Geschichte ab. Je älter sie wurde, desto größer wurde die Distanz zu Evelyn und Volkhard, nicht nur in den heiligen Arbeitsräumen, in die der Einlaß nach festgeschriebenen Regeln erfolgte. Klopfzeichen allein genügten nicht. An der Art des intonierten »Ja« lernte sie, Erwünschtsein oder Unerwünschtsein abzuleiten. Zur Folgsamkeit erzogen, übernahm sie dies später zum eigenen Schutz, um Volkhard abzuwehren. Beim stummen Posieren war es zum Glück geblieben. Ihre ängstliche Verschwiegenheit, die sich in Wut staute, fand hinter Großvaters Schlehenhecke an überreifen Pilzphallen ihren Ausbruch.

Sibylle streckte sich und faßte den Haltegriff über der Tür. Beruhigend fern kam ihr alles vor. Im Moment zählte nur, was sie heute und an den nächsten Tagen vorhatte. Bei Brösickes drüben mußte der Traktor mit Hänger angemahnt werden, die Gemeindeschwester hatte sich für ihre Mühen den Spiegel ausbedungen, andere Dorfbewohner waren ebenfalls zu bedenken. Der letzte Eindruck, den sie an Großvaters Stelle hinterließ, mußte gut sein, vielleicht wirkte er sich auf die Besuche im nahegelegenen Altersheim aus.

Sibylle holte ihre Stricktasche unter dem Sitz hervor und fädelte durch die Öse an der Schmalseite das écrufarbene Stichelhaargarn, nahm zwei neue Nadeln aus der köcherartigen Halterung am Innenfutter und zog sie langsam durch ihre Schnittfrisur. Udo sollte lieber auf die Straße achten und nicht die Augen derart verleiern, richtig laufen mußten die Maschen für ihre Probe. Außerdem wußte er, sie strickte in allen Lebenslagen. Im wortwörtlichen Sinne bestrickt hatte sie ihn. Die Phantasien gingen ihr hierbei nie aus. Wie einfach das Problem von Geschenken zu lösen war. Aber ohne einen heißen Draht zu Kurzwarenhändlern wurde man zum Improvisieren gezwungen. Anstelle von Bändchen-

und Glanzgarnen verstrickte sie Geschenkband oder Zackenlitze. Auf Federnsuche hatte sie Udo und Leonore geschickt. Der Besuch der Marlitzer Entenfarm war dem Großvater zu verdanken.

Sibylle nahm die ersten Maschen auf und zählte laut mit. Für wen sie strickte, brauchte er nicht zu fragen. Verehrer brachten, außer Sonderwünschen, keinen Pfennig ein. Kundschaft natürlich, der konnte sie sich kaum erwehren. Sie träumte schon vom Fachgeschäft, Beratung inbegriffen, Restposten garantiert zurück. – Wenn Sie Ihren Mohair haarkleidgemäß gewaschen, liegend getrocknet und leicht geschüttelt hätten ..., aber für ein neues Wollprojekt, da hätt' ich was für Sie. Mit Netzmuster, einseitig schulterfrei. Und für die erste sanfte Wäsche ein Kindershampoo gratis. – Könnte Udo da nicht einsteigen? An buchhalterischen Fähigkeiten mangelte es ihr. Und einen Einkäufer, der täglich kreuz und quer die Stadt durchfuhr, nach Dochtgarn und Maschinenwolle jagte, konnte sie brauchen.

Übertrieben seufzend lehnte sich Sibylle zurück. Was Udo von ihren Plänen hielt, war klar, er nahm sie nicht ernst, tat sie als Spinnereien ab. Das Gegenteil war sie ihm bislang schuldig geblieben. Ihren kurzen Fotografentraum hatte sie mit der Weigerung begraben, sich länger in Kunstlichträume zu verkriechen. Freiwillig drückte sie erneut die Schulbank, aber die Vorlesungen zur Kinderpsychologie kamen zu spät, um ihr Verhältnis zu Leonore entscheidend zu ändern. Kinder anderer Leute hatte sie erfolgreich erzogen, das war urkundlich beglaubigt. Die Schuldgefühle ihrer Tochter gegenüber waren dadurch nicht geringer geworden. Wenn sich ein Zustand zu dem einpendelte, was man Alltag nannte, ergriff sie Unruhe, drängte sie nach Veränderung, ohne Rücksichten. Der Schritt ins Ungewisse, entsprang der nicht auch einfach einer Laune, die zu bezähmen viel mehr Mut verlangte?

Den kleinen Durchhänger mußte ihr Udo verzeihen, der ging gleich vorbei. Sie wollte ihn nicht mit ihren abrupten Stimmungsschwankungen belästigen. Sich zu geben, wie andere sie sehen sollten, war reine Übungssache. Wer spürte nicht etwas wie Anlehnungsbedürfnis, das sie ständig unterdrückte. Entsetzlich müde war sie manchmal. Sie brauchte ihn auf ihre unfaßbare Art, Kränkungen inbegriffen; ihm einfach Dinge gestehen, Geheimnisse teilen.

Sibylle nahm die Hilfsnadel aus ihrer Tasche und küßte Udo auf die Wange. Sie vermißte sein herbes After Shave, was bei den Stoppeln kein Wunder war. Aber der Anspruch, geliebt zu werden, hatte mit Äußerlichkeiten nichts zu tun, auch wenn man nach Schweiß roch und auf spillrigen Beinen eine Kugel vor sich herschob, die einer Frau im fünften Monat anstehen würde. Wenn Frauen hingegen ihr bißchen Fett an Bauch und Hüften nicht gleich wegbekamen, brach eine Welt zusammen. Sie konnte diese Sorte Mann meilenweit riechen. Udo mußte den Vogel noch kennen, der auf ihre Annonce damals so kultiviert geantwortet hatte. Sibylle hatte Udo zu ihrem ersten Rendezvous als Gutachter mitgenommen. Ihr Blick zu ihm am Nachbartisch war das vereinbarte Zeichen gewesen. Nach Udos artiger Verbeugung war sie ihm nach draußen gefolgt und hatte den sprachlosen Verehrer mit der Rechnung sitzenlassen. Dann waren sie die Uferpromenade entlangspaziert und hatten sich auf eine der Bänke am Fluß gesetzt. Udo war ganz närrisch nach ihr gewesen. Solange sie wußte, sie konnte ihn jederzeit haben, war alles in Ordnung.

Unmerklich strickte Sibylle schneller. Er wollte sie doch nicht anders. Aufgeschlossen und ihm zugetan, das war herrlich bequem, mit Anekdoten ohne Schmerz und bittere Worte und in der einen unterdrückten Träne das Quentchen Sehnsucht nach vergangenen Tagen.

Von dieser Stelle aus sah man bei schönem Wetter die Kirchturmspitze. Der Bahnübergang vor ihnen hatte sich verändert. Die blinkenden Halbschranken staken schief in die Böschung hinein. Vom Wärterhäuschen standen nur noch die Fundamente. Vor dem Verdursten konnte hier keiner mehr gerettet werden. Jahre lag der letzte gemeinsame Besuch mit Evelyn in Marlitz zurück. In glühendheißer Sonne war der gedrungene Backsteinbau mit der Pumpe die Rettung gewesen. Sie hätten ihre Kräfte nicht überschätzen und lieber auf den nächsten Bus warten sollen. Mit verschmiertem Make-up und Blasen an den Füßen erkannte sie die Mutter wieder. Als sie dann Arm in Arm das rostige Tor aufstießen und sich erschöpft auf die kühle Treppe setzten, fielen gekünstelte Gesten und streng bemessene Blicke ganz allein von ihr ab. Am Kaffeetisch zerrann der kurze Traum bereits in jene Nervosität, die sich anhand von unbedeutenden Dingen erneut zwischen sie schob. Wenn der Großvater erzählte, merkte Sibylle, wie gleichgültig der Mutter die Ereignisse im Dorf waren. Sie unterbrach ihn, um endlich zur Sache zu kommen, denn ohne konkreten Anlaß ließ sie sich nie blicken. Tochterambitionen hatte sie Sibylle vorgeworfen, als diese sich um einen Platz im Altersheim bemühte. Aber Sibylle nahm die seltenen Anschuldigungen dieser Art als Ausdruck schlechten Gewissens hin; im Grunde war ihre Mutter froh, von einer unliebsamen Last befreit zu sein.

Sibylle legte die selbstgefertigte Schablone auf ihre Maschenprobe und fing an, die Reihen zu zählen. Wünschte sie sich jetzt Leonore herbei, die schräg hinter ihnen auf dem Klappsitz unbefangen von der letzten Disco plappern würde? Ihr ein Gefühl für Marlitz zu vermitteln, war Sibylle nie gelungen. Das freudigbange Zittern, wenn die Kastanienbäume an der Chaussee das Dorf ankündigten und die Tonlöcher, ihre heimlichen Badeorte, durch den hohen Kiefernwald schimmerten; sie wollte davon etwas weitergeben. Doch weshalb sollte Leonore Dankbarkeit für diesen Ort empfinden? Die Toleranz, auf die sie unablässig pochte, mußte auch für ihre Tochter gelten. Ihr verlorenes Marlitz war mehr als der Großvater und die Dinge, die im Altersheim in Nachtschränkchen und Aktentasche verblieben. Sie beneidete Udo, der ihr um Hunderte Gute-Nacht-Lieder voraus war und ihre Tochter Leo nennen durfte. – Wußte er, wieviel ihr diese Fahrt bedeutete, weshalb sie gerade ihn darum gebeten hatte? Die Kraft, die sie immer von der beschatteten Dorfstraße schöpfte, mußten ihr jetzt andere Dinge geben.

Für ihre letzte Nacht in Marlitz hatte sie sich das alte Sofa ausgesucht. Sie würde es unter das Schlafzimmerfenster rücken, an dessen Läden morgens Briefe und Zeitungen steckten. Traktorenlärm und Stimmen an der Bushaltestelle würden sie rechtzeitig wecken. Die Möbel müßten sie gemeinsam aufladen, den Tisch für ihre Mutter extra dick verschnüren. Das Holz im Schuppen reichte für eine üppige Restermahlzeit. Bei ihrem prüfenden Gang durch leergefegte Keller und Böden hoffte sie auf Udos Begleitung, er ahnte bestimmt, wie ihr zumute war. Nicht aushalten konnten sie es, wenn zwischen ihnen ungeklärte Ärgernisse das Einvernehmen trübten, sie hatten sich dann immer noch mal angerufen. Nach Udos akkurater Meldung kam ihre Erkennungsmelodie. – Ich bin ein Telefonjunkie … – Sibylle summte leise. Wenn er sich jetzt nicht zu ihr drehte … Vielleicht würde er diese eine Nacht bei ihr bleiben, einfach so. Zwei Alte, die sich lange kannten und verhakelt an das jeweils Ihre dachten, an törichte Wünsche, die letztlich dazu führten, getrennt durch diese Welt zu stapfen.

Aber nein, die Blöße gab sie sich nicht. Ihr Start war gut vorbereitet, die nächsten Wochen ausgebucht. Sie mußte sich abgewöhnen, Udo als Deponie für ihre Sentimentalitäten zu benutzen. Das Hufeisen über dem Stall durfte sie nicht vergessen, das würde sie dem ersten Kunden schenken. Und von vergebenem rostigen Glück, da strahlte bestimmt auf sie etwas ab.

# Sigrid

Alle waren pünktlich. Sogar die Wirtschaftsleiterin hatte es geschafft. Kein Wunder, der Chef war wieder da. Die Herzattacke schien keine Spuren hinterlassen zu haben, er sprach mit der gewohnten Dringlichkeit. Tat so, als sei er gar nicht weg gewesen. Nur ein paar Dankesworte an Sigrid für die gute geleistete Arbeit in der Zwischenzeit. Natürlich, mehr als gut konnte es nicht gewesen sein. Sie war nicht gekränkt darüber, eher belustigt.

Richtig akzeptiert wurde sie immer noch nicht. Wahrscheinlich hing das mit ihrem Verhältnis zu den Kolleginnen und Kollegen zusammen. Diese künstliche Distanz war bei ihr nicht vorhanden, die man als eine unerläßliche Voraussetzung für die Karriere forderte. Der Autoritätsgrad nahm ohne Zweifel mit wachsendem Abstand zwischen Leitung und Mitarbeitern zu. Besonders spürbar war das bei den technischen Kräften; eine kleine Geste, eine witzige Bemerkung, doch keine freundschaftlichen Gefühle oder Vertraulichkeiten, Neugier weckende Anonymität mußte einen umgeben. In den vier Wochen, in denen sie die Geschicke des Instituts bestimmte, wollte sie es anders machen, aber die Zeit war zu kurz dafür gewesen. Ihren Mut hatte sie deshalb nicht verloren, denn der Versuch war nicht fehlgeschlagen, ihr Erfolg nur auf einen unbestimmten Termin verschoben.

Sigrid schaute Professor Holdt von der Seite an. Für sein Alter hatte er sich tadellos gehalten. Nie waren ihr Nachlässigkeiten an ihm aufgefallen, Rasierschaumreste hinter dem Ohr oder ungeputzte Schuhe. Seine Frau hätte sie gern einmal kennengelernt. Aber Festlichkeiten fanden ohne sie statt.

Der Chef hatte seine Wiedereinführung beendet. Die Leitungssitzung konnte in bewährter Form beginnen. Ihr Vorschlag, die räumliche Trennung des Präsidiums aufzuheben und sich im Kreis an einen Tisch zu setzen, war als falsche Zurückhaltung ausgelegt und mit ein paar Worten abgetan worden.

Vor einem Monat war sie vom Vorzimmer, das sie mit der Sekretärin teilte, in das Zimmer des Chefs gezogen, durch eine Gegensprechanlage von der Außenwelt abgeschirmt oder, wie sie es empfand: mit dieser verbunden. Die Längsseiten des Raumes waren mit halbleeren Schrankwänden vollgestellt, in der Mitte stand eine Sesselgarnitur, am Fenster ihr Schreibtisch mit Blick auf die schaumstoffgepolsterte Tür. Ihre erste Amtshandlung: den Schreibtisch umgedreht. Die Ulme vor dem Fenster war das wert, auch wenn dahinter ein Kohlenplatz lag. Mehr blieb an diesem Tag nicht zu tun.

Die Sitzung hatte sie sorgfältig vorbereitet, Berichte rechtzeitig abziehen und zirkulieren lassen. Der Kaffee würde pünktlich zur Pause fertig sein. Die Grünpflanzen auf den Tischen waren schon bemerkt worden, die hatte Sigrid der Wirtschaftsleiterin abgetrotzt. Das war ihr vorläufiges Abschiedsgeschenk, für zwei Monate.

Sie konnte es immer noch nicht glauben. Eine

ganze Parteileitungssitzung war dabei draufgegangen. Doch sie hatte sich durchgesetzt. Der Qualifizierungsvertrag garantierte ihr Unterstützung durch das Institut, und sie sah nicht ein, warum sie nicht verlangen sollte, was ihr zustand. Als der Professor krank wurde, hatte sie ihre Freistellung verschoben.

Ein paar Worte würde sie sagen müssen zum Schluß, sich für die Studientage bedanken. Es sollten keine Phrasen sein, aber die konnte man nur durch Schweigen vermeiden. Die mißgünstigen Blicke ahnte sie bereits, doch ihre Position war sicher, untermauert durch einen absehbaren Doktortitel.

Die Wirtschaftsleiterin zog Bilanz. Den Optimismus glaubte man ihr, wenn er auch etwas zu forciert war für Sigrids Geschmack. Wie sie mit nörgelnden Heizern, Hausmeistern und Putzfrauen umgehen konnte, machte ihr keiner nach. Ihrem Geschick verdankte solch eine Konzentration von linken Händen und theoriebeladenen Köpfen eine behagliche Existenz. Den letzten Winter ausgenommen, in dem das Heizungssystem versagt hatte.

Die Angaben für die Energieeinsparung müßte sie sich wenigstens notieren. Es fiel ihr schwer, der Wirtschaftsleiterin zuzuhören. Für sie hatten diese Dinge jetzt an Wichtigkeit eingebüßt. Allerdings stand ein Punkt noch aus, um den sich lohnte zu kämpfen. Ihre Idee sei nicht neu, bloß nie geäußert worden. Unbeliebt würde sie sich damit machen. Das Schlüsselwort hieß Schichtunterricht. Die Vorteile waren unwiderlegbar: Steigerung der Kapazität um hundert Prozent. Sie hatte die zuständigen Stellen im Ministerium befragt. Die Unterstützung war ihr sicher, Erfolg jedoch nur beschieden, wenn ihre Taktik aufging. Was der technische Leiter aus eigener Erfahrung Inszenierung nannte, mußte aussehen, als ob der Chef selbst den Vorschlag gemacht hätte. Lehrerinnen mit Kleinkindern würden bevorzugt in der Vormittagsschicht eingesetzt werden, damit ersparte sie sich unnötige Proteste. In deren Lage hätte sie genausowenig eingesehen, weshalb sie bis 18 Uhr arbeiten sollte. Den arg beschäftigten Ehemännern war es natürlich nicht zuzumuten, ihre Kinder von der Krippe oder dem Kindergarten abzuholen. Sie wäre gern mit gutem Beispiel vorangegangen, aber ihre Arbeitszeit betraf es ja nicht.

Sigrid mußte an Ina denken. Seit zwei Wochen war sie zur Kur. Diese ewige Bronchitis brachte einen bald zur Verzweiflung. Ihre Briefe waren voll von ulkigen Fehlern. Schreiben müßte sie heute, unbedingt. Vom Vater hatten die Kinder nichts, weder Ina noch Ulf. Ganz krank war er vor Inas Abreise gewesen, für Abschiede in keiner Weise zu gebrauchen. Seine Briefe an Ina wurden von ihr zensiert, Sentimentales flog unbarmherzig raus. Andreas litt für die Kinder, ob Ferienlager, Kur, Krankenhausaufenthalte, Schulausflüge. Er durchlebte dabei ständig seine wechselvoll-traurigen Kinderjahre. Das war seine Version, eine andere kannte sie nicht. Von Mutter und Stiefvater getrennt, hatte er sich dankbar Sigrids Eltern zugewandt.

In letzter Zeit war er wirklich zu kurz gekommen, das mußte anders werden. Er würde sie heute abend von der Bibliothek abholen, war ja dort bereits bekannt. Wie er sich um ihre Bücher streiten konnte. Sein Journalistik-Fernstudium lag nun zwei Jahre zurück. Die Kraft, die es ihn gekostet hatte, sah man an den grauen Strähnen im Haar. Doch seinen Job konnte ihm keiner mehr streitig machen. Das Verlagsarchiv war zugleich sein Arbeitszimmer. Tief unter dem Trubel der Redaktionen schrieb er seine philatelistischen und numismatischen Artikel. Und da kam sie ihm mit diesem Thema: Untersuchungen zur Erhöhung des Sprechanteils der Studenten unter den Bedingungen kommunikativ-situativer Intensivmethoden. Doch Andreas gab sich redliche Mühe. Immerhin hatten sie während ihres Studiums eine Vorlesung zusammen besucht. Das Desinteresse an der deutschen Romantik brachte sie vor über zehn Jahren einander näher. Der Kulturwissenschaftler Andreas fand später sein Heil hinter Bergen von Briefmarkenkatalogen; nach der frustrierenden Erkenntnis: Kulturhäuser hatten mit ihrem anspruchsvollen Namen wenig gemein. Ihr Hauptfach war Englisch gewesen. Dank vorbildlicher gesellschaftlicher Arbeit blieb sie von der Volksbildung verschont. Ein privilegiertes Sprachinstitut durfte sich seine jungen Kader selbst aussuchen. Sie hatte sofort zugesagt und ihren Entschluß nicht bereut.

Der Bericht des Brandschutzverantwortlichen ging seinem Ende zu, vorgetragen mit dem natürlichen Drang eines Mannes, der sonst nie zu Wort kam. Mahnende Blicke zur Uhr ließen sein Gesicht rot anlaufen. Und bei dem »Fassen Sie sich kurz« des Professors zuckte er zusammen. Der Forderung Folge zu leisten bedeutete für ihn, die Sprechgeschwindigkeit bis an die Grenze des Unverständlichen zu erhöhen.

Jetzt war sie an der Reihe. Diese ewigen Schwätzer strafte sie mit Schweigen. Alle Blicke wollte sie haben, dann erst fing sie an.

Den Vorschlag aufgreifen ..., das hatte sie gut gesagt. – Diese Stimme und dein fraulicher Körper, die überspielen alle Minderwertigkeitsgefühle. – Jahre brauchte sie, um die Untertöne in Andreas' Bemerkung richtig zu deuten. Ihre Sätze waren vorbereitet, stichhaltig und gestatteten keine Widerrede. Manchmal war sie selbst überrascht, wie bestimmt sie auftreten konnte. Das halbe Jahr Parteischule hatte kaum dazu beigetragen, ganz zu schweigen von ihrer Dissertation. Mit dreiunddreißig zum Stellvertreter avanciert, war sie durch ihre Funktion ... gewachsen, wie es hieß. Andreas' Verdächtigungen wies sie zurück. Von willigem Werkzeug und Vorzeigeemanzipation zu reden, ging doch zu weit, »verspätete Mauser« verzieh sie ihm noch.

Ob der Chef seine Wahl schon bereut hatte? Er war mit ihr zufrieden, solange sie ihm zu seinen Erfolgen verhalf. Sigrid konnte mit ihren kleinen Genugtuungen gut auskommen, die begehrten Würdigungen überließ sie ihm gern. Von einem hochdotierten Orden wurde gemunkelt, aber Gerüchte und Klatsch gab es zu jeder Zeit. Sie hatte es an sich selbst erfahren. Ihr Sommerkurs in London nach einjähriger Institutszugehörigkeit zählte zu den unglaublichen Begebenheiten, und war nur durch einen Seitensprung mit dem Wissenschaftssekretär zu erklären. In eben jener Weiterbildungswoche mit dem vollgestopften Programm. Übel war ihr gewesen, den Ursprung, Ina, hatte sie noch nicht geahnt, die ratternde Straßenbahn dafür verantwortlich gemacht, die an verstreuten Neubauten, einem Waldcafé, Gefängnismauern und Armeeunterkünften vorbei nach Reitnitz zuckelte, dem Hauptsitz des Instituts. Nicht mal zum abschließenden Tanzabend war sie erschienen. In peinigender Regelmäßigkeit über das Toilettenbecken gebeugt, hätte ihr weder die Rolle der Verführerin noch der Verführten gelegen. Als Objekt undurchschaubarer Zusammenhänge hatte sie sich gefühlt. Nach ihrer England-Reise war ein Dia-Vortrag nicht zu umgehen. Schwärmereien seien nicht erwünscht, wurde ihr unnötigerweise mitgeteilt. In London hatte Sigrid sich nach vertrauten Abläufen und Ordnungen zurückgesehnt. Die Reserviertheit ihrer bundesdeutschen Kollegen war ihr deshalb nicht unangenehm gewesen. Und ihre Reiseeindrücke hielt sie für beschämend farblos.

Ihr Stellvertreterposten fast zehn Jahre später gab neuen Gerüchten Nahrung. Doch diesmal gelang es Sigrid, die Entscheidung zu rechtfertigen. Und gerade jetzt, während sie sprach, fühlte sie sich sicher. Rote Flecken im Gesicht und am Hals bekam sie längst nicht mehr, das machte die Übung. Auch wich sie den Blicken nicht mehr aus. Früher hatte sie sich Fluchtpunkte gesucht, den Kasten mit der automatischen Verdunkelung über den Fenstern zum Beispiel. Die schießschartenähnlichen Löcher, die zum Vorführraum führten, lagen genau in Augenhöhe, wenn sie vom Pult aus reden mußte. Wie einen Racheakt hatte sie ihre erste Verbannung dort hinauf empfunden. Um die Ansprache zum Frauentag ging es, die die Männer im Rotationsprinzip unter sich ausmachten. Wie für jede Art von Glückwunsch schien ein Vordruck zu existieren, in dem Plankennziffern, Belegschaftszahlen, ZK- und Parteitagsbeschlüsse die einzigen Variablen blieben. Sie setzte neue Maßstäbe mit einer Rede, die ihr Andreas entworfen hatte und von der die Kolleginnen hinterher behaupteten: Nur eine Frau könne so etwas geschrieben haben.

Damals hatte sie begonnen, die Leute anzuschauen, als spräche sie für jeden einzelnen. Ihr Blick war mit der Zeit sicherer geworden. Geübt ruhte er auf Störenfrieden, die ihr Getuschel nicht aufgeben wollten. Auch heute duldete sie nicht, daß man Stundenpläne schrieb oder Hausaufgaben korrigierte. Kleine Siege, die sie ermutigten, noch einmal zu betonen, daß der Schichtunterricht ihre Idee ja nicht sei, sie diese nur in institutsspezifische Bahnen leiten und umfassend erläutern wolle. Die Zeit sei eben reif dafür. Sigrid hörte, wie sich der Chef neben ihr räusperte, ein Zeichen von Zustimmung – und Ungeduld. Sie wußte, ihre Taktik war aufgegangen. Die Schlußfolgerungen überließ sie ihm.

Diesmal hatte sie nicht, wie so oft, mehr gefordert als nötig, um dann bei einem Kompromiß vor sich selbst immer noch als Sieger dazustehen. Außerdem war sie nicht bereit, die Schwachstelle ihres Planes von vornherein preiszugeben. Ob der Chef im Augenblick daran dachte, woher man die doppelte Anzahl von Lehrkräften nehmen sollte? Das war der springende Punkt. Und billig waren die Kurse nicht.

Ihr Geheimwort hieß Spezialisierung. Doch damit würde sie warten, bis ihr dieser Doktortitel Rückendeckung gab. In London damals hatte sie die Inseratenteile der Zeitungen durchforstet und war auf unzählige Sprachkursofferten mit den unterschiedlichsten Bezeichnungen, Richtungen und Spezialangeboten gestoßen. Fasziniert und gedemütigt hatte sie sich gefühlt. Was blieb, war die Entschlossenheit, für Ruf und Zulauf ihres Instituts etwas tun zu wollen. – Fachrichtungen gezielt anbieten, die Lehrer auf Spezialstrecken weiterbilden, Vorkenntnisse und Zweitberufe nutzen. Vielleicht ihr altes Projekt aufgreifen, das hochdotierten Leuten Sonderbedingungen zugestand: Als Mitglied der Gewerkschaftsleitung hatte sie vor Jahren den Kauf eines größeren Erholungsobjektes in der Märkischen Schweiz angeregt. Das Aufwand-Nutzen-Verhältnis entschied damals eindeutig gegen sie. Doch als Ort für gelegentliche Einzelkurse würden die Relationen besser aussehen. Situativ-kommunikativer Unterricht, eingebettet in arbeitstherapeutische Phasen, fachsprachliche Konversation beim Wässern der Blumenrabatten, zwanglose Plaudereien bei den täglichen Spaziergängen.

Ihre Phantasie schoß wieder über das Machbare hinaus. Die Pausenklingel abzuschaffen, hatte sie nicht einmal erreicht. Dieses Geschrille verteidigten sogar die Lehrer. Wie lange war das her. Die neue Sigrid schien der alten Sigrid fremd geworden zu sein. War es das, was man Entwicklung nannte? Andreas schöpfte Kraft aus der Vergangenheit. Wie er sich die belanglosesten Episoden zurückrufen konnte.

Sie genierte sich nicht, ihn nach Dingen zu fragen, die sie selbst hätte wissen müssen; das Alter ihrer Eltern, der Hochzeitstag. Wenn sie über ihren Forschungsergebnissen saß, erbat Andreas von ihr nur eine Unterschrift unter einen Brief, eine Glückwunschkarte. Ohne Absprache waren ihm diese Pflichten zugefallen. – Sein Geschenkbuch, das er über Jahre führte, um peinliche Wiederholungen zu vermeiden, der Karton mit Einwickelpapieren aller Art. Nie wäre sie auf den Gedanken gekommen, Schleifenbänder zu bügeln. – Die angespannte Sachlichkeit, die sie von Parteiversammlungen, Kadergesprächen und endlosen Auseinandersetzungen über mangelhafte Zuarbeiten zu den Leitungsvorlagen nach Hause mitbrachte, paßte nicht zu der Art, mit der sie von ihm und den Kindern empfangen wurde. Wie er es immer wieder verstand, ihre inneren Spannungen durch gezielte Fragen abzubauen. Mit jeder Kleinigkeit am Institut war er vertraut.

An den seltenen Abenden, an denen sie Zeit füreinander hatten, fragte sie ihn nach sich selber aus. Sie saßen dann in seiner kleinen Arbeitskammer, die mit Büchern, Fachzeitschriften und Briefmarkenalben vollgestopft war. Er an seinem Schreibtisch, ihr den Rücken zugekehrt, sie mit einem Glas Wein auf dem einzigen Stuhl. Andreas erzählte gern, doch stockend und mit langen Pausen, als erfordere es enorme Kraft, das Erinnerte auszusprechen. Manchmal schien es ihr, als könne ihr bisheriges Leben Andreas' Schilderungen gar nicht ausfüllen. Wie nah ihm die Zeit ihres Studiums noch sein mußte. Ihre Studentenwohnung, der gemeinsame Vorlesungsbesuch mit Ulf im Tragetuch. Während der Analyse des »Heinrich von Ofterdingen« hatte sie ihrem schreienden Sohn die Brust gegeben. Der Stolz, mit dem Andreas diesen Vorfall schilderte, klang wie ein Vorwurf gegen ihre Karriere. An der Art, wie er ihre Erfolge abtat, spürte sie aber auch Respekt und Anerkennung heraus.

Die Hälfte der Sitzung war geschafft, nach der Pause sollte die Diskussion über Zeitnormative für die wissenschaftliche Arbeit und die Auswertung von Hospitationsprotokollen und Studienanalysen folgen. Dann Sigrids letzter Part. Das kurze Klingeln kündigte den Kaffee an. Sie würde ausnahmsweise den Pausengesprächen entfliehen, um sich zurechtzumachen. Nicht schön wollte sie aussehen, sondern überzeugend.

Die Augenblicke, in denen sie glaubte, die neue Position hätte ihr Äußeres ebenfalls verändert, zählten kaum. Wie hatte eine stellvertretende Direktorin auszusehen? Sie wußte keine ernsthafte Antwort darauf. Fraß der Ehrgeiz zu sehr an ihr, wie ihre Mutter behauptete? Solch einen Mann kriegst du nicht wieder, Sigrid! Besorgnis und Vorwurf schwangen da mit. Doch ihre Ehe hatte sich als beständig erwiesen, beständiger, als es der Mutter vorkommen mochte. Andreas hatte Geduld mit ihr. Nein, sie war nicht eifersüchtig auf seine Beziehung zu ihren Eltern, eher erleichtert. Ihr genügte es, sich als passiver Teil der Familie zu fühlen. Andreas mußte etwas dazu tun. Ehe an Sonntagen der anwachsende Lärm im Kinderzimmer Sigrid zum Eingreifen zwang, kam ihr Andreas zuvor. Zum Tierpark brauchte man fünf Minuten. Und Ina und Ulf waren über sämtliche Neuzugänge bestens informiert. Wenn sie sich dann noch bei der Großmutter zu Kakao und Kuchen einluden, gaben die zwei Stunden, die Sigrid ungestört am Schreibtisch verbrachte, ihr die gute Laune zurück.

Sigrid ordnete vor dem Spiegel im Waschraum ihre Frisur. Sie liebte unkompliziert-zeitlose Haarschnitte. Frisuren waren kein Thema für sie. Ihre Naturkrause überließ sie dem eigenen störrischen Wuchs. Mit der gespreizten Hand einmal durchs Haar, und sie wußte, sie konnte sich überall sehen lassen.

Um die Freistellung beneideten sie viele. Sicher war sie nicht, daß sie zu Hause zu ihrem gewohnten Rhythmus finden würde. »Zusammenschreiben« hatte es der Chef genannt. Sämtliche Untersuchungsergebnisse lagen vor und waren zufriedenstellend ausgefallen. Sie brauchte sich mit ihrer Arbeit nicht zu verstecken. Wenn man nach Anzahl und Vielfalt der von ihr analysierten Stunden ging, waren die Aussagen mehr als repräsentativ.

Von ihren heimlichen Aufenthalten im Institut wußte nur Andreas etwas. Das war die einzige Gelegenheit, ihre Garnitur von Zweitschlüsseln auszuprobieren. Sonntage konzentrierter Arbeit verbrachte sie dort, fühlte sich als Eingeweihte, der es vergönnt war, einen perfektionierten Mechanismus im Ruhestand zu erleben. Hing sie etwa an dieser verschandelten Villa mit den geschmacklosen Glasfasertapeten und der stereotypen Einrichtung? Mit welcher Energie Professor Holdt das durchhielt, immer neue Unterrichtsmethoden aus den unterschiedlichsten internationalen Schulen und Strömungen zusammenzubasteln – und jede im Abstand von drei bis vier Jahren mit der gleichen Vehemenz zu verteidigen. Ob psychoaktiv-integrativ, suggesto-kybernetisch oder kommunikativ-situativ, die Kunst bestand im schnellen Wechsel. Als selbsternanntes Leitzentrum hatte man Methoden, Material und erfahrenes Personal zu stellen sowie auf jeder Konferenz mit einer Überraschung aufzuwarten. Die diesjährige trug das Zauberwort »Video«. Kosten und Bezugsquellen lagen auch für sie im dunkeln. War es Selbstüberschätzung oder hart kalkuliertes Erfolgsrezept, sie wollte in keiner Weise die Verdienste des Chefs schmälern. Wenn es nicht anders ging, wurde sie schon mal in seine geheimen Transaktionen eingeweiht. Um die Konferenz zu retten und die Videotechnik im Unterricht anwenden zu können, hatte er Verbindung zu einem Gebrauchtwarenhändler aufgenommen – und das Vorkaufsrecht für Videokassetten erworben, die auf normalem Wege in den Mengen nicht zu beschaffen waren. Er gab dafür ausrangierte Tonbandgeräte und Projektoren spottbillig ab.

Sigrid ging an der bereits verlassenen Raucherecke vorbei in den Sitzungssaal zurück. Bis sie sich selbst zum Abschluß das Wort erteilte, sollten ruhig andere reden. Für Hospitationen und Zeitnormative gab es schließlich Spezialisten. Ermahnungen auszusprechen, schien für den Wissenschaftssekretär eine besondere Genugtuung zu sein. Die Liste mit den Soll- und Istwerten der Hospitationen jedes Lehrers vor sich, nahm er die halbe Auswertung des Wettbewerbs vorweg. Nach Prozenten aufgeschlüsselt, wurden die Fachgruppen ihrem Erfüllungsstand entsprechend eingestuft. Formalismus nannte sie das. Aber sie mischte sich da nicht ein, denn sie kannte die Praxis aus eigener Erfahrung: Die Protokolle wurden gegenseitig blanko unterschrieben und irgendwann ausgefüllt. Bei den dreißig nichtssagenden Punkten, die man beantworten mußte, war es nicht nötig, den Unterricht wirklich besucht zu haben.

Sigrid wartete gespannt. Nein, sie hatte sich nicht getäuscht, Elfriede machte das ausgezeichnet. Hinter dem Antrag auf Veränderung der Zeitvorgaben für die Erarbeitung von Referier- und Übersetzungstexten steckte die stellvertretende Direktorin. Zu knapp bemessen waren die Normen; Vorarbeiten nicht einkalkuliert, wie Materialsichtung, Bibliotheksbesuche. Aus der Leitungsebene durfte solch ein Vorschlag natürlich nicht kommen. Wenn Elfriede auflaufen sollte, würde Sigrid sich geschickt einschalten, um die Sache kritisch-wohlwollend zu unterstützen. So war es mit Elfriede abgestimmt. Aber einzugreifen schien in diesem Fall überflüssig. Nach seiner unfreiwilligen Abwesenheit zeigte sich der Chef äußerst kulant.

Jetzt müßte sie an der Reihe sein. Der Unruhe zuvorkommen.

Ich möchte keineswegs die abschließenden Bemerkungen an mich reißen …

Dieses Lächeln beherrschte sie. Entsprechend der Rangordnung glitt es vom Präsidium auf die klobigen Konferenztische hinab. Ein kleiner Zug ins unterschwellig Autoritäre, das war ein Zugeständnis ihrerseits. Nur noch mal zum Vorführen, was sie gewissen Leuten abgeguckt hatte. Der gelungene Einsatz. Alles andere spulte sich automatisch ab.

Wie Sigrid die Leute anschaute. Als würde sie sie zum letzten Mal sehen. Elfriede, ihre einstige Mentorin, die heute aus strategischen Gründen in der ersten Reihe saß. Nur noch zwei Jahre bis zur Rente, erzählte Elfriede jedem mit übertriebener Erleichterung. Doch Sigrid wußte da besser Bescheid. Sogar das Vesprechen hatte sie sich abnehmen lassen, alles zu tun, um für Elfriede eine Halbtagsbeschäftigung durchzusetzen. Für die ersten drei Jahre. Dabei konnten sie sich am Anfang überhaupt nicht besonders leiden. Elfriedes ewige Warnungen und taktische Verhaltensvorschriften lernte Sigrid erst im nachhinein schätzen.

In den ersten Jahren am Institut hatte sie diese »Zwischenstation«, wie sie es bezeichnete, dringend gebraucht. Elfriedes kleine Wohnung lag auf dem Weg zum Kindergarten. Bei Ingwerplätzchen und schwarzem Tee besprachen sie die Tagesereignisse. Die Variationen von Elfriedes Lebensgeschichte hatten Sigrid nicht sonderlich interessiert. Handelsattaché war ihr verstorbener Mann gewesen, glaubte sie noch zu wissen. Und London mußte eine große Rolle gespielt haben. Deshalb vielleicht Ingwer. Sigrid, die schnell und unbarmherzig vergessen konnte, erinnerte sich nur an ein unangenehmes Brennen auf der Zunge. Ginger.

War Sigrid damals diejenige, der Vertrauen entgegengebracht wurde, lag es nun an ihr, jemanden ins Vertrauen zu ziehen. Das bißchen Stolz, an ihrer geradlinigen Entwicklung nicht völlig unbeteiligt zu sein, überließ sie Elfriede nur zu gern.

Kurz wollte sie sich fassen. Das hatte ihr die ersten Sympathien eingebracht. Überzogene Sitzungen gab es bei ihr nie. Schon damals nicht, als sie die »Schule der sozialistischen Arbeit« im Bereich Technik leitete. Staatlich vorgegebene Allgemeinplätze hatte sie auf ein Minimum reduziert, die Diskussion auf institutsspezifische Probleme gelenkt, woran kein Mangel herrschte – und die Weiterbildung stillschweigend in die Arbeitszeit verlegt.

Diesmal mußten sich ihre Kollegen gedulden. Zögerte sie absichtlich das Ende hinaus, um die vertrauten Gesichter noch etwas vor sich zu haben? Das der ewig tuschelnden Reuter zum Beispiel, die sich aufführte, als wäre sie in den Zwanzigern. Ohne ihren Anhang, den sie aus Neuzugängen am Institut rekrutierte, konnte sie scheinbar nicht auskommen. Strick- und Klatschnachmittage mußte eigentlich jeder mal über haben, ganz zu schweigen von ihrer Hausgeschichte. Das war ein Fortsetzungsroman, dem sie ihr Leben verschrieben hatte. Fünfzehn Jahre kämpfte sie bereits darum, nicht nur Eigentümer, sondern auch Bewohner ihres Hauses zu sein. Das Institut war für sie Bündnispartner, der ihr Befürwortungen, Stellungnahmen und Schreiben manchmal verwunderlicher Art ausstellen sollte. Dagegen hatte sich Sigrid gewehrt. Barsch konnte sie werden, wenn weiter nichts half. Nicht nur bei der Reuter gingen ihr die kleinen Aufmerksamkeiten wie Kaffee, Konfekt oder Luxusseife gegen den Strich. Im Sekretariat wurden die Präsente verteilt – bis auf eine Ausnahme. Das französische Parfüm einer Teilnehmerin hatte sie umgehend zurückgegeben, wenige Tage vor den Abschlußprüfungen. Sigrid war vom Ministerium angewiesen worden, der Frau Doktor in kürzester Frist einen erfolgreichen Sprachabschluß zu bescheinigen. Daß politische Entscheidungen den Vorrang vor sprachlichen hatten, brauchte ihr nicht gesagt zu werden.

Wenn sie sich im Saal so umschaute ... Ungerecht wäre es, zu behaupten, sie sei mit ihrer Situation nicht zufrieden. Elfriede, die Reutersche, Dorothea ..., ein Weiberverein waren sie sowieso, geballt vertreten in den unteren Rängen. Dazu die soziale Unstetigkeit. Beim technischen Personal schienen die Familienverhältnisse geordneter. Das mühsam errungene Wohnungskontingent ging fast für Scheidungen drauf.

Manchmal wünschte sie sich mehr Zusammenhalt. Aber einige der Mitarbeiter kannte sie kaum. Es war ganz natürlich, daß jeder nach der Arbeit auf dem schnellsten Weg nach Hause lief. Nach sechzehn Uhr begann Sigrids sentimentale Stunde. Ina und Ulf hatten meistens schon angerufen und sich, nach erledigten Schularbeiten und Haushaltspflichten, bis zum Abend abgemeldet. Die Sekretärin arbeitete verkürzt. Und der Chef pendelte zwischen Reitnitz und Berlin. Unter irgend einem Vorwand meldete sich ein Mitarbeiter des Ministeriums noch einmal, um zu überprüfen, ob das Direktorat auch besetzt wäre. Oft blätterte sie nur in der Unterschriftenmappe, ging ziellos durch die Klassenräume oder leistete dem Pförtner Gesellschaft. Gern hätte sie diese letzte Stunde Leerlauf mit der Hektik am Morgen vertauscht.

Schluß mußte sie endlich machen, die letzten resümierenden Abschiedsworte … Der verhalten-optimistische Zug gelang ihr. Wohl dosiert, hörte sie leise die Stimme des Chefs neben sich.

Wie lange sie zum Ordnen ihrer Unterlagen brauchte. Der Techniker baute bereits das Mikrofon ab. Schlapp fühlte sie sich. Von Freude überhaupt nicht zu reden. Hatten diese paar Sätze so viel Kraft gekostet? Vielleicht sollte sie einen Kaffee in der Kantine trinken … Aber zuerst käme ihr Zimmer dran, und im Ministerium mußte sie pünktlich sein. Anschließend wollte sie in die Bibliothek, um die neuen Bestimmungen für Dissertationen einzusehen. Andreas würde auf einer Bank vor dem Springbrunnen warten. Stunden konnte er dort zubringen, die Bibliotheksbenutzer beobachten, ihre Gangart, die Behältnisse, in denen sie Bücher transportierten. Oder die Touristen, die lieber ihren Stadtplan zerlasen, als einmal zu fragen. Zum Beispiel ihn, Andreas.

Ihre Kartei durfte sie nicht vergessen, die brauchte sie. Aber was sollte dieses Umstapeln auf ihrem Schreibtisch jetzt. Die Übergabe hatte sie, gründlich wie sie war, längst gemacht. Die Fotos von Ina und Ulf waren im Schub verstaut. Die Akten fürs Ministerium lagen bereit. Ihre bequemen Laufschuhe ließ sie hier. Außerdem könnte sie jederzeit vorbeischauen, irgend etwas würde sie bestimmt vermissen. Du bekommst Institutsverbot, hatte Andreas scherzhaft erklärt. Doch wie ernst ihm das eigentlich war, wußte sie.

Dem Fahrer mußte sie Bescheid sagen. Sie würde heute auf das Auto verzichten. Die Zeit nahm sie sich. Für die nächsten zwei Monate konnte sie in ihrem Terminkalender einen dicken Strich machen. Es würde weder Beratungen noch kollektives Schlichten von Streitigkeiten geben. Auch keine Kadergespräche. Im Ministerium hatte sie noch über die Neueinstellungen zu sprechen. Sie brauchten dringend erfahrene Leute. Diesmal weigerte sie sich, Absolventen zu nehmen. Vor vier Jahren hatten sie einen ganzen Schwung eingestellt. Die Institutserweiterung bedeutete ein größeres Angebot an Sprachen und die Verstärkung der Leitungsebene. Absolvententraining war zum Schlagwort geworden. Minikurse wurden eingerichtet, um die Diplomlehrer sprachlich auf Vordermann zu bringen. Was nutzten Abschlüsse in historischer Grammatik, Literatur und Landeskunde, wenn sie einem Kader mit Auslandserfahrung sprachlich nicht wenigstens Paroli bieten konnten, nicht geschickt genug waren, ihre Mängel zu verbergen. Schwachstellen hatte jeder, daraus machte ihnen niemand einen Vorwurf.

Sigrid ging zur S-Bahn. Gegenüber dem Taxistand wurden von einem Wagen der sowjetischen Streitkräfte herunter Konserven verkauft. Die Schlange zog sich bis zur Straßenecke hin. Andreas würde fürs Wochenende bereits das Nötigste besorgt haben. Bei ihm gab es immer eine Möglichkeit, die Redaktion zu verlassen; eine Briefmarkenausstellung, über die er berichten sollte, regelmäßig stattfindende Münzauktionen. Überhaupt konnte er sich seine Zeit einteilen. Der Termin mußte gehalten werden, aber wie, wo und wann er seine Artikel schrieb, blieb ihm überlassen. Bei ihr war das anders. Erreichbar hatte sie zu sein, auch telefonisch. Und wenn sie wirklich einmal unterwegs war, hinterließ sie beim Pförtner eine Nachricht. Bis siebzehn Uhr hatte sie Dienst. Das war es, was sie meinte.

Sigrid dachte an die Kadergespräche in der vorigen Woche. Die Sprachmittlerin im letzten Studienjahr hatte sich aus Mangel an attraktiven Angeboten beworben. Sigrid versuchte, sich in ihre Lage zu versetzen und all jene Reizworte zu vermeiden, die bei ihr selbst damals Unwillen hervorgerufen hatten. Arbeitslosigkeit war solch ein überbeanspruchter Begriff ohne rechten Vorstellungswert. In den Zeitungen las man darüber hinweg. Ihre Empfehlung: Tüchtig reinstecken sollte man die Jungen, an Ort und Stelle. Ob nun in London, Paris oder nur ein paar S-Bahn-Stationen weiter. Aber soweit war es noch nicht. Zweifellos wuchs das Selbstbewußtsein auch ohne Aufenthalte im Ausland. Doch ihr schien es, als ob sich dies häufig in Äußerlichkeiten erschöpfte. Sie hatte nichts gegen Extravaganzen, vorausgesetzt, sie wurde dadurch nicht belästigt. Auf welch aufdringliche Art die Absolventin vom vorigen Donnerstag sich hergerichtet hatte. Wegen dieses Punk-Verschnitts wollte sie es nicht zu einem Zusammenstoß in der Sprachgruppe kommen lassen. Einarbeitungszeit hatte sie von Sigrid gefordert. Der Aufnahmetest drückte ihr Auftreten auf Normalwert zurück. Die Schwachstellen kannte Sigrid von ihrer eigenen Ausbildung her. In den Sprachkundigenunterricht der Stufe IIa geworfen, war sie damals den Kursanten um höchstens drei Lektionen voraus. Das war das beste Training. Dafür Stunden-Abminderung zu verlangen, wäre ihr nie in den Sinn gekommen. Nicht mehr als ein Job schien es für viele zu sein.

Die S-Bahn fuhr ein. Sigrid ging an den Plätzen für Schwerbeschädigte vorbei und suchte sich ein leeres Viererabteil. Sie hängte ihren Beutel an einen Winkel der abgerissenen Ablage unter dem Fenster und schaute hinaus. Den Vorwurf mußte sie sich von Andreas gefallen lassen: nicht richtig dabeizusein. Wenn sie zu viert mit der S-Bahn fuhren, was selten geschah, betätigte sich Andreas als Reiseleiter. Dabei merkte sie, wie wenig sie von dem aufnahm, was um sie herum passierte. Ihre Informationen bezog sie aus der Zeitung. Aber ihr fehlte das Gefühl, Teil eines unablässig wachsenden Ganzen zu sein. Solche Fahrten nutzte sie, um ungestört nachzudenken. Nach dieser oder jener Belastung würde sich das ändern, hatte sie Andreas oft versichert. Leichtfertig, wie sich herausstellte. – Weiterbildungskurse, Parteischule, die Dissertation, der Aufstieg zum Stellvertreter.

Im Grunde war alles mit Reitnitz entschieden, wo hinter historischen Mauern die allmächtige Verwaltung lag. Drei Jahre nach ihrer Einstellung war dort die Rekonstruktion des linken Schloßflügels beendet worden. Die Internatsplätze wurden um ein Drittel erhöht, und es fehlten Lehrer. Die Bitte um sozialistische Hilfe ging nach Berlin. Ein Parteiauftrag war es nicht gewesen, ihre beiden Kinder hätten sie davor bewahrt. War es Neugierde, Ehrgeiz, Bewährungshunger, Verantwortung oder familiärer Überdruß? Sie packte ihren Koffer und zog für sechs Monate in eines der Gästezimmer mit Havelblick und Vollverpflegung. An den Wochenenden lud sie die Familie ein. Als Andreas mit Ina auf dem Arm und Ulf an der Hand aus der Straßenbahn stieg, wußte sie, sie hatten etwas sehr Wichtiges geschafft.

Sie war gespannt, was Frau Merten im Ministerium zu ihrem Fragebogen für Kader sagen würde, die nach Abschluß eines Kurses am Institut ins Ausland gegangen waren. Diese Erhebung sollte Rückschlüsse geben, wo die Sprachausbildung zu verbessern sei. Praxisnähe war dabei ein wichtiges Kriterium. Beschwerden hatte sie genug gehört. Was nutzte es, wenn die Kursanten ein anderthalbstündiges Referat über die Außenpolitik der DDR halten konnten, aber kaum in der Lage waren, sich nach dem Weg zu den Toiletten zu erkundigen. Leider war sie auf diese Problematik für ihre Dissertation zu spät gestoßen. Doch irgendwo ließ es sich bestimmt noch einfügen. Vielleicht im Referat, das sie bei der Verteidigung halten mußte: Einige Anwendungsbeispiele zu relevanten Kommunikationsverfahren.

Sie würde vom Alex bis zum Ministerium den Bus nehmen, die Zeit drängte doch. Bei Frau Mertens sachlicher Art konnten die Dinge schnell geklärt werden. Das mochte sie. Tuscheleien und das Durchhecheln anderer waren ihr zuwider. Sigrid hatte sofort Vertrauen zu Frau Merten gefaßt. Ihre Erwartungen, Wünsche oder Enttäuschungen brauchte sie bei ihr nicht zu verbergen.

Am Spreeufer entlang kamen die letzten Gruppen vom Essen. Sie hatte keine Lust, auf Bekannte zu stoßen, und nahm den geöffneten Seiteneingang. Wie flink und selbstverständlich sich Frau Merten bewegte. Es erinnerte sie an ihre Mutter. Sigrid hatte ihre Mutter nie unzufrieden erlebt. Als Tochter eines kleinen Seifenfabrikanten war sie behütet und wohlerzogen aufgewachsen. Ihre Ausbildung im Bankgewerbe wurde durch den Krieg abrupt beendet. Während die Großeltern in den Westen gingen, blieb die Mutter, fast dreißigjährig, im Ostteil der Stadt. In dem Speditionsbetrieb, in dem sie als Sekretärin und Stenotypistin anfing, lernte sie den Vater kennen. Am Anfang ihrer Ehe hatten sie ausschließlich für sich gelebt, erst spät an ein Kind gedacht. Sigrid hatte sich ihrer alten Eltern manchmal geschämt, die übertriebene Ängstlichkeit und Fürsorge als unangenehm empfunden. Doch ein harmonisches Familienleben war für sie nichts Außergewöhnliches – bis sie Andreas' Kindheitsgeschichte erfuhr.

Sigrid fühlte sich nicht recht bei der Sache. Aber ihre Unterlagen bedurften keiner zusätzlichen Erläuterungen. Frau Mertens Zustimmung war ihr ja bereits sicher, sonst hätte sie ihre Überlegungen zum Schichtunterricht jetzt anders vorgetragen.

Den Bericht über die streng vertrauliche Sondermaßnahme mußte sie noch abgeben. Einen Monat lang hatte Sigrid einem angolanischen Ehepaar, das sich in Berlin zur Erholung aufhielt, Englisch beigebracht. Hoch angebunden, dieses Wort liebte der Chef. Vorkommnisse, die die Sicherheit gefährdet hätten, gab es keine. Den Hinweis, solche Kader zukünftig weniger privilegiert zu behandeln, konnte sie sich nicht verkneifen. Ohne ihr Wissen hatte man den Raum für Minikurse in einen Klub verwandelt und die Pausenzeiten verändert. Die beiden waren zu höflich, um sich über die Isolation zu beklagen. Sigrid handelte kurzentschlossen, tauschte Schalensessel gegen Polsterstühle aus, brachte das Radio dem Techniker zurück und glich die Pausenzeiten dem normalen Rhythmus an. – So aufgeschlossen wie in der Schlange am Büfett hatte sie das Ehepaar zuvor nicht erlebt. Mit Frau Merten teilte sie sich die Betreuung der Angolaner an den Wochenenden. Andreas hatte das Programm entworfen, zu solchen Anlässen fehlten ihr die Ideen. In Familie waren sie zu Einkaufsbummel und Stadtbesichtigung aufgebrochen. Ungezwungen hatte sich Andreas mit seinen paar Brocken Englisch unterhalten, die Kinder in die Gespräche einbezogen. Er spürte auch ohne Worte, wie dankbar sie ihm dafür war.

Jeder erkundigte sich teilnahmsvoll nach dem Stand ihrer Arbeit, was da unterschwellig mitklang, wollte sie überhören. Bei so einem Mann kann nichts schiefgehen. Frau Merten meinte es ehrlich, als sie sich am Fahrstuhl verabschiedete.

Wer sich am Institut bereits alles an den unterschiedlichsten Themen versucht hatte. Hier kam der Wissenschaftssekretär wieder ins Spiel. Er gab nach zweimaliger Verlängerung auf. Wie sich das Gefühl einer Niederlage festfressen konnte, Charaktereigenschaften formte, die nur in Ansätzen vorhanden waren. Hinter der anspruchsvollen Bezeichnung »Wissenschaftssekretär« verbarg sich ausschließlich Organisatorisches. Die selbstinitiierte Sackgasse der eigenen Karriere, hieß es am Institut. Die Beförderung zum Oberlehrer war das Trostpflaster für wissenschaftlichen Mißerfolg. Die Urkunde sah er als Freibrief an, nun andere nötigen zu dürfen. Seine geheimen Kontrollgänge auf dem Flur, um, trotz schriller Glocke, die Einhaltung der Pausenzeiten zu überwachen, waren Versuche der Selbstbestätigung; mit ernsten Folgen für erwischte Lehrer. Sie konnte ruhig zugeben, daß sie Mitleid mit ihm empfand, mit seiner glücklosen Art, Mißgunst, Eifersucht und durch Kritik erzeugtes Unbehagen hinter dicken Brillengläsern und einem Schwall von Wörtern zu verbergen. Wenn es wenigstens ein Mann gewesen wäre, der ihm den angestrebten Posten als Stellvertreter entrissen hätte. Elfriede hatte ihr bei einem Kaffeekränzchen das Wort Intrigant vorgeschlagen. Aber das traf es nicht. Sie haßte jene Unterwürfigkeit, in die sich dann alles verkehrte, als klar war, sie würde es schaffen.

Unbedacht war sie gewesen, zu sagen, die Arbeit an ihrer Promotion mache ihr Spaß. Der Chef enttäuschte sie, indem er Freude mit ungenügender Auslastung gleichsetzte. Hinter vorgehaltener Hand hörte sie von verdorbenen Preisen reden, womit die Zeitnormen für die Materialerarbeitung gemeint waren. Aber sie sah nur diese eine Voraussetzung, solch ein Unternehmen erfolgreich abzuschließen. Ob man es nun Freude oder Engagement nannte. Ständige Überlastung hervorzukehren, hätte ihr wenigstens Achtung eingebracht.

Sigrid versuchte schon lange nicht mehr, ihren Ehrgeiz herunterzuspielen. Ohne diesen Stachel, der sie unaufhörlich triezte, wäre sie nur halb soweit gekommen. Bereits in der Schule hatte sie sich über eine verpatzte Arbeit schwarzärgern können. Sie büffelte tagelang, um die Scharte bei der nächsten Gelegenheit auszuwetzen. Wenn die Mutter ins Zimmer kam und sie überreden wollte, auf den Hof spielen zu gehen, nahm sie schnell eines ihrer Kinderbücher zur Hand. Nicht mal ihre Mutter sollte wissen, daß sie mehr Zeit als andere benötigte, um zu den Klassenbesten zu gehören. Aber Ausdauer und Fleiß glichen ihre langsame Auffassungsgabe aus. In dieser Beziehung kannte sie sich ziemlich gut.

Sigrid blieb am Straßenrand stehen, um die Autokolonne abzuwarten. Auf der gegenüberliegenden Seite fuhr im Schrittempo eine Kutsche an der Neuen Wache vorbei. Zwei Japaner lehnten sich weit hinaus, um die Wachablösung zu fotografieren. Die Holzhütten, die den Humboldts vor der Universität übergestülpt waren, sahen wie große Versandkisten aus. Vier Jahre war sie hier ein und aus gegangen, doch wenn man sie gefragt hätte, in welcher der grün getünchten Kästen sich Wilhelm beziehungsweise Alexander verbarg ... Einen wie auch immer gearteten Stolz auf diese Einrichtung, die ihr kostenlos Wissen vermittelt hatte, fühlte sie nicht. Diese

Beziehungslosigkeit bedauerte sie. Ihre außerplanmäßige Aspirantur rettete da nichts mehr. – Was sie mit dem Institut verband, hatte sie sich selbst geschaffen.

Am Haupteingang der Uni wurde nach wie vor gebaut. Die Kontrollen waren strenger geworden. Sie würde an der Kasse die Promotionsgebühren bezahlen und dann rüber zur Bibliothek gehen. Als sie in dem Gewirr von Gängen den Raum für das Doktorandenseminar suchte, fand sie sich erstaunlich schnell zurecht. Der sechswöchige Einsatz als Empfangsdame im ersten Studienjahr war nicht umsonst gewesen. Ausgezeichnete fachliche Leistungen und ein vorbildlicher Bewußtseinsstand hatten sie von Küchen- und Gärtnerhilfsdiensten verschont. Während sie mit höflichem Bedauern ausländischen Touristen den Eintritt verwehrte, schinderte Andreas im Heizungskeller. Aber da kannten sie sich noch nicht. Drei Semester später durften sie zwei Zimmer im Wohnheim beziehen. An den Heimfahrtswochenenden hatten sie die ganze Etage für sich. Erschöpft von morgendlichen Zärtlichkeiten, blieb Sigrid länger als gewöhnlich im Bett. Wenn Andreas in der Gemeinschaftsküche hantierte und Ulf die Flasche gab, bekam sie bereits wieder Lust auf ihn. – Sie war sich nicht sicher, ob er sie richtig verstand, wenn sie ihm sagte, allein seine Anwesenheit reiche ihr. In letzter Zeit konnte sie sich nicht mehr auf seine Liebkosungen einstellen. Und vormachen wollte sie ihm nichts. Oft ging sie erst ins Bett, wenn Andreas schon schlief. Seine Enttäuschung zu spüren, weckte nur Schuldgefühle. Nach der Verteidigung würde mit ihr wieder mehr los sein, er mußte eben Geduld haben.

Sigrid steckte den Rechnungsbeleg über die Promotionsgebühren sorgfältig in die Brieftasche. Sie wollte sich zu guter Letzt nicht noch Unkorrektheiten nachsagen lassen. Der Wissenschaftssekretär lauerte nur darauf.

Wieviel Zeit sie sich heute hier nahm. Dieses Hinundhergehetze war endlich vorbei. Das Philosophie-Testat hatte sie mit summa cum laude abgeschlossen. Das sagte sich jetzt so einfach. Zum höchsten Lob hatte ihr die schriftliche Arbeit verholfen: Die Triebkräfte und Hemmnisse der äthiopischen Revolution. Ihre Hintergrundinformationen entstammten der unter Verschluß gehaltenen Dissertation eines Mitarbeiters im Ministerium. Während der Abschlußfeier seines Sprachkurses waren sie ins Gespräch gekommen, und er hatte ihr Hilfe angeboten. Es lag ihr nicht, Dinge einfach zu kopieren, aber die Zeit, die sie dadurch für ihr Forschungsthema gewann, rechtfertigte das schon. Sigrid revanchierte sich mit einem Mittagessen in der Stadt. Sie hätte ahnen müssen, worauf das hinauslaufen würde. Mit dem Vertrauen, das er in sie setzte, wollte er sie ködern. Sie hatte Erfahrung mit geschiedenen Männern, die um ihre Auslandseinsätze bangten und krampfhaft einen neuen Partner suchten. Als letzte Rettung blieben Sekretärinnen und die jungen Mädchen im Schreibbüro. Das war einfallslos, aber nicht die schlechteste Lösung.

Sigrid ging an der umzäunten Hinterfront der Universität entlang und bog in eine Seitenstraße ein, die bereits am Vormittag den Essendunst der Großküche aufnahm. Sie erinnerte sich an Hörsäle im Seitentrakt, in denen man den Speiseplan der Mensa am Geruch bestimmen konnte; an peinigendes Hämmern, Bohren und Meißeln, das von der anderen Straßenseite kam, die sie nur als Baustelle und Lagerplatz von Sandsteinblöcken kannte. Die Fassaden waren es wert, möglichst originalgetreu geschützt zu werden. Zugang zu diesem Gebäude verschaffte ihr die Benutzungskarte, die sie verlängern mußte. Seit Jahresbeginn hatte sie sich durchgemogelt. Dem Häherblick der Pförtnerin entgangen zu sein, machte es ihr irgendwie leichter, sich erneut – zum wievielten Mal eigentlich – mit den Klassikern auseinanderzusetzen.

War es Pflichtgefühl gewesen, das Bedürfnis, nicht aufzufallen, oder ihr Bemühen, Vorteile von sich zu weisen, daß sie sich vom Doktorandenseminar nicht befreien ließ? Die Parteischule legte bestes Zeugnis ab. Ihre endlosen Diskussionen mit Andreas darüber hatte sie durch einfältiges Schweigen abrupt unterbrochen. Andreas' nie wiederholter Vorwurf, sie setze das Familienleben mutwillig aufs Spiel, erreichte sie nicht. Vorsichtiger war sie geworden, behielt Gedanken für sich, von denen sie aus Erfahrung wußte, wie absonderlich sie wirkten. – Ihre Angst vor dem Abschluß der Promotion, der nichts mehr folgen könnte. Vielleicht bewahrte sie diese Angst davor, den Stolz auf Erreichtes zu verleugnen. Wie oft sie sich mit ihrer Dissertation beschäftigte. Beim Buchbinder hatte sie sich bereits informiert – mehr aus Neugierde denn aus Unruhe über eventuelle Warte- und Bestellsysteme –, ihre Wahl in Farbe, Material und möglichem Aufdruck getroffen.

Auf der Bank dort drüben würde sie Andreas nachher finden, selbst hinter dem Rhododendron verborgen, doch jederzeit die vorbeieilenden Leute im Blick. Das letzte Mal, als er sie abholte, standen plötzlich ihre Eltern vor ihr. Sie wollten sehen, wo sie ihre Freizeit verbrachte, an ihren Mühen und Erfolgen ein wenig teilhaben. Andreas hatte Plätze in einem Restaurant bestellt. Sigrid blieb den Abend über verletzend wortkarg. Wenigstens darauf vorbereiten hätte Andreas sie können.

Die kleinen Streitereien ab und zu drehten sich häufig um ihre Eltern. Sigrid wehrte sich gegen die Vorstellung, einmal für sie sorgen zu müssen. Andreas dachte ernsthaft daran, die Wohnungen zu tauschen und mit ihnen zusammenzuziehen. Sie wollte nicht wieder in die Rolle der gegängelten Tochter schlüpfen. Als sie noch bei ihren Eltern wohnte, war ihr verboten worden, abends vom Bahnhof allein durch den Park nach Hause zu gehen. Treffpunkte wurden ausgemacht, und Vater oder Mutter paßte sie schon auf dem Bahnsteig ab, was jeden Verehrer vergraulte. Das Kursbuch und die Zeitungsausschnitte mit den Fahrplanänderungen hatten ihren festen Platz auf der Anrichte im Flur.

Wahrscheinlich mangelte es ihr an Talent, aber sie konnte in den von ihr durchgesehenen Dissertationen keine formale Übereinstimmung entdecken, die nutzbar für die Anlage ihrer Arbeit wäre. Vom Literaturverzeichnis ganz zu schweigen, das sie für wichtig hielt. Zu einem nutzerfreundlichen Anhang hatte sie sich selbst verpflichtet. In das allgemeine Gejammer über die Sinnlosigkeit der Themen, die Aussichtslosigkeit praktischer Umsetzung, stimmte sie nicht ein. Leichtfertig war es, Dinge in Angriff zu nehmen, denen man keinen Sinn abgewann. Und Begründungen wie »beruflicher Zwang« oder »moralische Verpflichtung« ließ sie nicht gelten. Für ihr Institut bedeutete die erfolgreiche Verteidigung nur noch Prestigegewinn. Ihre Untersuchungsergebnisse, beweiskräftig ausgewertet, würden bereits Eingang in die Unterrichtsmodelle gefunden haben, ehe das Promotionsverfahren eröffnet war. Die Annahme ihrer Arbeit setzte sie voraus.

Sigrid ging in den Lesesaal für Zeitschriften, der ihr vertraut war wie der Versammlungsraum am Institut, in dem sie ihre Dissertation verteidigen würde, das hatte sie durchgesetzt. Die provisorische Atmosphäre an der Universität zu solchen Anlässen störte sie: Stühle mußten noch schnell herbeigeschafft werden, das Rednerpult wurde gesucht, begleitet von hastigen Blicken zur Uhr, denn die Raumvergabe erfolgte stundenweise. Sie konnte ihren Gutachtern sogar Gästezimmer anbieten. Besucher aus der Republik blieben gern über Nacht, um in der Hauptstadt richtig einzukaufen. Diesen Tag würden sich viele merken, den Namen ihrer Einrichtung auch, dafür gab sie sich gerne her. Außerdem sollten die Neider am Institut ihren Erfolg ruhig miterleben.

Die Bibliothekarin, die sich an der Information hinter Stapeln von Büchern verschanzte, sah abwesend aus, völlig entrückt. Mit dem hochmütigen Zug um ihren Mund hielt sie sich viele Frager vom Leibe. Bei ihr, Sigrid, bewirkte sie eher das Gegenteil. Zudem wartete Andreas. Sie könnten heute abend zusammen ausgehen, ihre zweimonatige Freistellung feiern; von der sie noch nicht wußte, ob sie zur Verbannung werden würde. Hatte sie darum gekämpft, um nun Angst vor ihrer eigenen Courage zu haben? Aber sie war sicher, dieses Zögern hielt nicht lange vor. Sie würde sich durchsetzen; in der Familie, am Institut, vor allem ihren eigenen Schwächen gegenüber. – Und erst einmal gegen die Bibliothekarin da vorn. Mit einem selbstbewußten, unbeeindruckten Guten Tag.

# Ruth

Das war es nun. Ruth knöpfte ihren Regenmantel auf und blieb einen Augenblick unter dem Strom warmer Luft zwischen den Eingangstüren stehen. Durch die Sohlen ihrer Schuhe spürte sie die sich bewegenden Reinigungsbürsten. Mr. Larsson von der Königlichen Dänischen Bibliothek hatte vor einigen Tagen bei der gemeinsamen Stadtbesichtigung diesen »Palast« mit der Empfangshalle eines Flughafens verglichen. Er mußte wohl ihr verdutztes Gesicht bemerkt haben und hatte versöhnlich hinzugefügt: wie für einen Staatsbesuch hergerichtet. Aber was interessierte sie das heute. Ruth hatte sich diesen Vormittag freigenommen, um nach dem offiziellen Umtrunk im Verlag in ihrem Stammcafé mit sich allein zu feiern. Unter keinen Umständen wollte sie ihre Freude mit jemandem teilen. Das war ausschließlich ihr Erfolg, ohne Abstriche, und sie würde ihn auskosten.

Ruth schüttelte ihren Regenmantel aus und rollte ihn zusammen. Sie schaute flüchtig in einen der großen Spiegel neben der Garderobe, sicher durch die Erfahrung, daß die Feuchtigkeit ihre langen Haare zu einer aufregenden Frisur kräuselte. Zwei Hostessen waren gerade dabei, am Informationsstand Prospekte auszulegen. Neben dem Aufgang zum ersten Stock lockerten Gärtner die Erde in den Pflanzkübeln auf. Ruth ging an den Postschaltern und dem leeren Vorführraum vorbei, der nur in der Ferienzeit von lärmenden Kindern überfüllt war. Vor dem Eingang zu den Toiletten warteten die Klofrauen schwatzend auf Kundschaft. Am Zeitungsstand mit dem guten Angebot blieb Ruth stehen. Für sie zählte eher die günstige Sicht auf die Mokkabar, in der sie meist, nur zwei Stunden später, die Mittagspause verbrachte. Einfach draufloszugehen, um nach einem freien Platz zu suchen, lag ihr nicht. Vor dem Kiosk bezog sie Posten und blätterte abwartend Modezeitschriften durch.

Manchmal, wie heute zum Beispiel, brauchte sie einen bestimmten Platz. Sie konnte nicht voraussagen, wann der Eckplatz an einem Dreiertisch, abgeschirmt von Stehlampe und birkenblättrigem Gummibaum, zum einzig akzeptablen Ort wurde. Merkwürdig kam ihr das schon vor, wenn ihre Schritte in gespannter Erwartung schneller wurden, sie enttäuscht zum Zeitungsstand abbiegen mußte, dort jedoch blätternd nicht ewig stehen konnte. Die letzte Zuflucht waren die Münzfernsprecher. Das Telefonbuch in der Hand, verfolgte sie jede kellnerrufende Geste. Ruth sah, daß sie sich unnötig sorgte. Das Café hatte gerade aufgemacht.

Sie ging am Kuchenbüfett vorbei und setzte sich. Tut mir leid, sagte sie, leise lächelnd, zu sich selbst und verteilte Mantel und Tasche auf die beiden freien Stühle. Kein Mensch ahnte, wie abhängig sie davon war, nicht *einen*, sondern *den* Platz zu haben. Notfalls würde sie ihre Ecke mit allen Mitteln verteidigen. Vorsichtig holte sie aus ihrer Jutetasche das Buch. Ihr Buch. Jedenfalls stand ihr Name auf dem

Schutzumschlag. Bei der Kollegin, die mit ihr den Lesesaaldienst tauschte, hatte sie sich wegen einer Lieferung Kohlen entschuldigt. Bald würde sie es nicht mehr nötig haben, um irgend etwas zu bitten oder Notlügen zu gebrauchen. Sie selbst würde sich Genehmigungen erteilen, Urlaub solange sie wollte und zu einer Zeit machen, in der sie sonst nie freibekam. Sie hatte sich ihre Chance mit diesem Buch erkämpft. Wie es weitergehen würde, lag nun an ihr.

Ruth nahm das goldene Feuerzeug aus dem Lederetui. Wie die dünne Zigarette mit den Streublümchen darauf zu ihren schlanken Fingern paßte. Ihre Sonntagszigaretten waren das. Eigentlich war Sonntagszigarette nicht das richtige Wort. Sie haßte die Wochenenden, besonders die Vormittage, an denen Bratendüfte die Häuser und Höfe durchzogen, Radiomusik aus den Küchen drang und Männer mit dicken Bäuchen die Mülleimer leerten. Ihre Sonntagsstimmungen lagen ausschließlich in der Woche. Heute war solch ein Tag.

Ruth tippte mit dem Zeigefinger die Asche von der Zigarette. Wenn die Kellner, die noch beim Frühstück saßen, sie vorhin nicht gesehen hatten, würde sie sich bemerkbar machen müssen, so sicher war ihr Versteck. Doch das drängte nicht. Der Kognak vorhin im Verlag hatte sie aufgewärmt. – Ruth Kölling. – Ihr Name war ihr bisher bedeutungslos erschienen. Sie wäre auch ohne ihn gut ausgekommen. Aber sie sah ein, daß er benötigt wurde. Anwesenheits- und Wartelisten, Ausweise und Visaanträge hätten in einer Gesellschaft, in der jeder nur einen beliebigen Vornamen trug, ihre Daseinsberechtigung verloren, nicht zu reden von Titeln und Rängen. Sie wollte ihren Namen noch einmal bewußt annehmen, sich dem Buch unbefangen nähern. – Hatte sie das tatsächlich geschrieben? Vorabdrucke in Zeitschriften und Literaturjournalen zählten nicht mehr. Sie stupste ihr Buch zwischen Milchkännchen und Zuckerdose hindurch an die gegenüberliegende Tischkante.

Ob ein Außenstehender etwas bemerken würde? Eine Verbindung zwischen dem Buch und ihrem Gesicht ziehen könnte? Verrieten ihre Augen unter den langen Wimpern das Geheimnis? Oder ihr Mund? Nicht, daß sie auf Komplimente irgendwelcher Art etwas gab, aber sie hatte ihr Äußeres sachlich überprüft, im gesamtdeutschen Rahmen sogar. Beim Lesesaaldienst bis 21 Uhr bot sich häufig genug die Gelegenheit, in Sibylle, Saison, Brigitte und Burda zu blättern. Und sie hatte festgestellt: Ihr Mund war schön. Ja mehr noch, er entzog sich ihrem Willen in einer für sie erregenden Weise. Sie würde das später mal beschreiben, wenn sie es konnte.

Wo der Kellner nur blieb. Eigentlich müßte sie sich jetzt um die Bestellung kümmern. Wortlos, mit einem freundlichen Lächeln, würde sie ihr Kännchen Mokka und die Portion Sahne bekommen. Der erste Löffel war für die Tasse mit Goldrand bestimmt. So langsam, wie sie es mit den Augen wollte, sank der Zucker durch den weißen Schaum; seit über zwölf Jahren war ihr das nie langweilig geworden. Als sie sich das erste Mal durch die kühle Sahne zum süßen Grund vortrank, hatte sie beschlossen zu schreiben. Das war in einem Café gewesen, wo der

Mokka noch türkisch serviert wurde. Ängstlich hatte sie sich immerzu nach ihrem Koffer in der Garderobe umgesehen. – Der erste Tag in Berlin.

Seit Ruth wußte, sie war an der Fachschule für Bibliothekare immatrikuliert, hatte sie das Gefühl des vorweggenommenen Abschieds von Harmsdorf nicht mehr losgelassen. Noch im Sommer hoffte sie auf ein Ereignis, das ihr den Studienbeginn unmöglich machen würde. Ihre Briefe an Freunde und Bekannte klangen entschlossen und schienen zu bestätigen, was diese ihr bereits mitgeteilt: Auf die Hauptstadt konnte man sich freuen. Sie war überzeugt, daß irgend etwas in diesem Berlin passieren würde, etwas schmerzhaft Wichtiges. Und sie wollte soviel wie möglich von sich mitnehmen, um dagegen gewappnet zu sein. Die ersten zwanzig Jahre ihres Lebens waren ereignislos verlaufen und ließen sich mühelos nachvollziehen. – Täglich hatte sie der Schulbus ins Nachbardorf gebracht. Später war sie mit dem Fahrrad in die Kreisstadt gefahren. Die Oberschule lag der Bibliothek gegenüber, in der sie nach dem Abitur als Hilfskraft begann, um ihren Lesehunger zu stillen. Der eigentliche Grund aber war Entschlußlosigkeit gewesen, denn sie hatte sich, zum Ärger der Schulleitung, trotz ihrer guten Leistungen für keine Studienrichtung entscheiden können. Während der zwei Jahre in der Bibliothek ging sie häufig die halbe Stunde nach Harmsdorf zu Fuß zurück, bepackt mit neuen Büchern und mit Lebensmitteln, die es im Dorfkonsum nicht gab. Sie nahm die Abkürzung über den Elbuferweg, den sie bei Nebel am liebsten mochte. Das Rattern der Güterzüge drang gedämpft zu ihr herüber und holte sie als Echo, vermischt mit den Signalen der Fähren und Schlepper, wieder ein. – Als sie an jenem Sonntagabend im August mit dem Vorortzug nach Dresden fuhr und von dort nach Berlin, schien ihr Zuhause unwiederbringlich verloren. Und hätte in diesem Augenblick jemand sie gefragt, wo denn ihr Zuhause sei, so hätte sie trotzig geantwortet: Das wird sich noch herausstellen.

Ruth fröstelte. Sie legte ihre Hände um die Kaffeekanne und preßte die Knie aneinander. Sie mußte wieder abweisend gelächelt haben, als der Kellner kam, dabei hätte sie gern ein paar Worte mit ihm gewechselt. Sie würde ihn später noch einmal rufen. Empfehlen sollte er ihr etwas, das Übliche konnte sie jeden Tag bekommen.

Vorhin im Verlag hatte sie bestimmt sehr dummes Zeug geredet, sich förmlich für Hilfe und gute Zusammenarbeit bedankt, die dritte Zigarette höflich abgelehnt, aus Furcht, die Zusammenkunft über Gebühr auszudehnen. Dabei hatte sie sich vorher ein paar Sätze zurechtgelegt, um zu sagen, wie ihr zumute war, wie sehr sie manchmal das verqualmte Lektoratszimmer brauchte, den Stuhl vor den mit Büchern und Manuskripten vollgestopften Regalen, von dem aus sie das hektische Treiben verfolgte. Wenn es für Ruth Momente eines Zuhauseseins gab, empfand sie sie dort. Doch genausoschnell konnte eine belanglose Bemerkung, die sie auf sich bezog, diese Stimmung zunichte machen. Dann kam sie sich plötzlich aufdringlich vor, fühlte sich als eine unter vielen. Debütant, junger Autor, Nachwuchsschriftsteller; man stritt sich noch immer darum, wie man es taktvoll umschrieb.

Ruth hatte versucht, ihr Heimweh von sich wegzuschreiben, sich bisher jedoch nie gefragt, was nach diesen bescheidenen einhundertundachtzig Seiten kommen würde. Sie wußte nun, sie hatte Angst davor gehabt, mit dem Buch ihre Einsamkeit zu besiegeln, sich sprachlos zu schreiben. War dieser Erfolg nur ein Beweis mehr, daß sie zum Leben nicht taugte? Aber was sollte das eigentlich, sie war hier, um zu feiern. Die unbändige Freude würde sich schon einstellen. Sie könnte den Kellner einladen, ein Glas mit ihr zu trinken. ... wie, er hatte keine Ahnung, daß sie in der vormals Königlichen Bibliothek als Bibliothekarin arbeitete? Natürlich wisse sie um das Dilemma der Ausleihe, auch bei Büchern über Gastronomie. Aber einer Präsenzbibliothek kämen eben andere Aufgaben zu. Das Buch vor ihr auf dem Tisch müsse selbstverständlich noch eingearbeitet werden, ehe es im Katalog erschiene. Geschäftsgang nannte man das. Aber falls er an einem Exemplar Interesse hätte, vielleicht mit einem persönlichen Gruß des Autors ... Genau das würde sie jetzt tun: ihre Bücher signieren, vorsignieren. Jeder sollte seinen Spruch bekommen. Eine fehlerfreie Titelaufnahme nach dem neuen Regelwerk als Widmung an ihren Chef, nach den Preußischen Instruktionen noch dazu, weil er's so mochte. Aber wo käme sie hin, wenn sie jeden bedachte. Also zuerst eine Liste und in Harmsdorf angefangen: für die Mutter etwas rührig Liebes; mit dem Versprechen, sie nicht zu enttäuschen. Soweit der engere Kreis der Familie, den die Mutter gern um einen Schwiegersohn erweitert hätte. – Um Hans, den Sohn vom Baumschulisten Liebig, der Ruths Vater ähnlich sah.

Dein Vater ist nie richtig aus dem Krieg zurückgekommen. Ruth verstand diesen Satz der Mutter nicht. Und das Foto in Wehrmachtsuniform auf der Anrichte verweigerte die Auskunft. Hatte sie die lange Kriegsgefangenschaft gemeint? An Lungenentzündung war er gestorben, kurz vor dem 5. Jahrestag. In der Schule hörte sie vom Schwung der Massen, den Aktivisten der ersten Stunde, dem Aufbauwillen, dem sich keiner entziehen konnte.

Häufiger, als es Ruth nötig erschien, bestellte die Mutter Hans zum Grashauen; neue Obstbäume mußten gepflanzt, alte gepflegt und beschnitten werden. Vom Hang hinter dem Haus sah man zur Festung hinüber. Ruths Angst um Hans, wenn dieser in den sich wiegenden Kronen von Ast zu Ast kletterte, hatte die Mutter als Zuneigung ausgelegt. Ehe sich Ruth über ihre Beziehung klar war, hieß es im Dorf: Die gehen miteinander. Sie staunte immer noch, wie entschlossen sie sich verweigert hatte; der Mutter, Hans, drei Jahren Wartezeit mit Urlaub auf Raten und einem zweiten Anrichte-Bild. Die Bäume im Garten luden wieder kräftig aus, und der von Hans betreute Rasenhang wuchs zu dem heran, was er einst war: eine üppige Sommerblumenwiese. Der erste Anschlag auf ihr Leben war erfolgreich abgewehrt, das Wort Verlobung aus ihrer Biographie gestrichen.

Wieviel ihm wohl ihr Buch wert sein würde, dachte Ruth. Jahre später hatten sie Mutters unausgesprochene Vorwürfe neugierig gemacht: Aus dem Hans, aus dem ist was geworden. Vor der umgebauten Scheune des Gebrauchtwarenhändlers Liebig stand ein Wolga-Kombi. Mobiler geht's nicht, und: Mir ist keine Stiege zu steil, las sie am Heckfenster. Die Jutetasche hatte sie bei seiner Frau im Laden gekauft, den Vorsatz, nach Hans zu fragen, aufgegeben. Wenn sie von ihrer Vorstellung überzeugt war, interessierte sie die Wirklichkeit nicht mehr.

Ruth drückte die Zigarette aus. Der Lippenstiftring am Filter bewies ihr, daß sie es war, die geraucht hatte. Stundenlang konnte sie hier sitzen, die Leute beobachten und sich selbst in die absonderlichsten Stimmungen bringen. Der Gruppe älterer Damen, die jetzt fast sämtliche Tische blockierten, sah man sofort an, woher sie kam. Wie ungezwungen sie sich des Cafés bemächtigten, Stühle rückten, Mäntel über Lehnen warfen und fotografierten. Ihr erschien dieses selbstsichere Gehabe aufgesetzt, aber die Kellner wirkten befangen, übersahen Regelverstöße, die sonst zu Nichtbeachtung oder Tadel geführt hätten. Neue Banknoten wurden gewechselt, verschweißte Plastetütchen mit Hartgeld aufgerissen. Die Reiseleiterin gab lauthals bekannt, daß die Busse zur Abfahrt bereitstünden.

Ruth schlug ihr Buch auf. Ob ihre Geschichten auch über ein Jahr brauchten, bis sie in den Katalogen auftauchten? Bei begehrten Neuerscheinungen dauerte es manchmal so lange, denn jeder, der mit der Einarbeitung zu tun hatte, nahm sich die Zeit, das Buch erst einmal zu lesen, ehe er es weiterreichte. – Blättern im eigenen Werk heißt in seinem

Herzen blättern. Wo war dieser blöde Ausspruch nur her. Um jedes Wort hatte sie mit ihrem Lektor im Verlag gerungen. Und wie hartnäckig sie die eine oder andere Zeile verteidigte, hing davon ab, unter welchen Umständen sie entstanden war. Unbarmherzig wurden liebevolle Details gestrichen, Wörter, an die sie sich trotzig klammerte, durch nüchterne Begriffe ersetzt. Zu ihrem Schutz wolle er das Selbstmitleid in ihren Geschichten tilgen. Mißverstanden hatte sie sich am Anfang gefühlt. Vielleicht sollte sie ihr Buch einmal richtig lesen; mit der nötigen Distanz zur eigenen Person. Das war es, was sie jetzt tun müßte. Mit der Vogelgeschichte würde sie anfangen, der Krähe, die sie damals bei der Gartenarbeit so erschreckt hatte.

*Das Laub roch muffig und modrig und raschelte nicht, als die Krähe in hastigen, ungelenken Sprüngen auf die geharkte Rasenfläche zuhüpfte.*

Erst während der Fahrt zu einer Lesung in der Nähe von Frankfurt an der Oder war sie darauf gekommen, weshalb der Rezensent gerade diese vorab gedruckte Geschichte genommen hatte, um ihr erstes Buch anzukündigen und ihr Talent zu rühmen. In einem Brief stellte er sich als freischaffender Kritiker vor, der einen Jugendklub betreute und sie gern als Gast begrüßen würde. Sein Angebot, sie in Berlin abzuholen, nahm sie an. Während Ruth auf dem Beifahrersitz Kassetten ihrer Wahl einlegte, erfuhr sie von seiner Prachtfinkenzucht, mit der er hauptsächlich seinen Unterhalt bestritt. Die Blaustirnamazonen und Unzertrennlichen Rußköpfchen in ihren Holzboxen auf dem Rücksitz kreischten erbost über den unerwünschten Gast. In den Zoohandlungen auf dem Weg bot der Kritiker seine Zuchterfolge zum Verkauf an. Und Ruth traute ihm durchaus zu, daß seine abenteuerlichen Berichte über den einträglichen Papageienschmuggel von West nach Ost eigene Erfahrungen enthielten. Zu genau wußte er über Sedativa-Dosierungen und fehlende Schwanzfedern Bescheid, die den eingeschläferten Tieren ausgerissen wurden, um diese in tiefen Manteltaschen besser verbergen zu können. Unter den Klängen von pretty flamingo und albatross wurde ihr klar, daß es nur eine Vogelgeschichte gab, die sich lohnte zu schreiben; diese, die sie gerade erlebte. Aber sie war zu wahr, um glaubhaft zu sein. Und sie wußte nicht, ob sie die nötige Phantasie aufbringen würde, um sich verständlich zu machen.

Während der Vogelhändler und Kritiker vor der Lesung seine kostbare Fracht in Sicherheit brachte, wartete sie auf historischem Kopfsteinpflaster, das Zisterzienserabtei, Barockkirche und ein pädagogisches Institut verband, und malte sich sein Anwesen aus: hohe, gardinenlose Räume, in denen Äste, Nischen und Horste angebracht waren; die Schreibmaschine kotbesprenkelt und halb verdeckt von Tränken und Futtertüten; über den Volieren vor den Fenstern in den knorrigen Wurzelkronen krächzende Schatten.

*Vor mir lag mit durchbissener Kehle die Krähe, einen Grashalm im Schnabel.*

Einfältig, das war alles, was sie zu ihrer Geschichte noch zu sagen wußte.

Wir laden ein zu einer Lesung aus unveröffentlichten Manuskripten von Ruth Bölling, stand auf einem eingerissenen Stück Papier an der Pinnwand des Jugendklubs. Im großen Saal unter ihnen ging die Probe für irgendeinen Aufmarsch zu Ende. Für die Teilnehmer der geplanten Manifestation spielte die »Teamdisco« auf. Sie sollten sich noch einen Moment gedulden, hatte der Klubhausleiter gesagt, er würde schon jemanden ranschaffen. Publikum in Brigadestärke war ihnen versprochen worden. Beim Dröhnen der Bässe wurde Ruth und ihrem Begleiter, dem Moderator des Abends, schließlich das Honorar ausgezahlt. Als sie auf dem Bahnsteig auf ihren Zug wartete, die zerzausten Gerbera in der Hand, mußte sie über sich selber lachen.

Wie still es geworden war. Die Kellner standen stumm am Kuchenbüfett, als wollten sie ihr zuhören. Ruth streckte ihre Beine unter dem Tisch aus. Dieses Ziehen im Bauch fing schon wieder an. Sie hätte die engen Hosen heute früh im Schrank lassen sollen. Richtig aufgebläht kam sie sich vor. Aber Röcke machten sie unsicher. Unschlüssig und mit sich selbst im Streit, konnte sie vor dem offenen Kleiderschrank ihre Straßenbahn verpassen. Wie oft hatte sie sich gewünscht, daß diese Bluterei einmal endgültig versiegen möge. Nach der Blinddarmoperation vor zwei Jahren, als alles in ihr durcheinander war, schien ihre Hoffnung berechtigt. Wenn sie damals das Nachthemd hochschob und an sich hinunterschaute, war sie, von der Narbe abgesehen, so glatt und weiß wie in jenem Sommer als sie und ihre Freundin Hedwig hinter der dichten Quittenhecke des mütterlichen Grundstücks ihre Körper entdeckten; voll beschämten Entzückens herausfanden, wohin überall man Gänseblümchen stecken konnte. Aber mit den juckenden, widerspenstigen Stoppeln, die viel zu rasch wuchsen, fand sie sich damit ab, das zu sein, was sie nun mal war.

Nein, sie konnte jetzt nicht lesen. Was stand da auf dem Klappentext: Gerade im Kleinen, im scheinbar Belanglosen spiegelt sich unser Alltag am augenfälligsten. Dies ist auch die Stärke des Buches.

Über sich selbst hätte sie schreiben müssen, nicht über den Bilderbuchalltag eines Urlauberdorfes. War es Feigheit gewesen oder Rücksichtnahme der Mutter gegenüber? In eigenen Geschichten wollte sie ihre Wunschvorstellungen konservieren, um zu verdrängen, wie die Harmsdorfer Ruth Kölling ursprünglich war. Ihren Elbuferweg kannte sie nur noch aus der Erinnerung. Das neue Auto hatte sie bequem und anspruchsvoll gemacht. Wenn sie zur Mutter fuhr, belud sie den Kofferraum mit Dingen, ohne die sie früher gut ausgekommen war. Dachte sie manchmal noch an die Hilfsbibliothekarin, die auf dem Plumpsklo unter dem Walnußbaum Stefan Zweig und Thomas Mann verschlang? Sogar studiert hatte sie das Schreiben. Nach drei Jahren am Literaturinstitut in Leipzig wurde ihre Befähigung amtlich beglaubigt, was wollte sie mehr. Die Schwierigkeiten, unverwechselbar Eigenes aufs Papier zu bringen, hatte man erschöpfend behandelt, persönliche Betroffenheit gesellschaftlicher Verantwortung unterzuordnen, ermüdend lange diskutiert. Doch wie man mit seinem ersten Buch fertig wurde, blieb einem selbst überlassen. Wenn sie Rat brauchte, benötigte sie ihn jetzt. Das Schreiben schaffte man. Oder auch nicht. Und ein vernichtendes Wort zur rechten Zeit war besser, als hochgepäppelte Illusionen. Plötzlich wünschte sie sich, man hätte ihr den Drang zu schreiben ausgetrieben. Ihr glänzendes Abschlußzeugnis zählte als Gegenargument nicht.

Heimlich und mit schlechtem Gewissen hatte sich Ruth am Literaturinstitut beworben, vor ihren Freunden davon nichts erwähnt. Verspottet, zumindest aber belächelt wäre sie worden, womöglich ausgeschlossen aus der nächtlichen Mittwoch-Runde und mit eisigem Schweigen gestraft; wie bei ihrer ersten und einzigen Lesung dort. Merkte sie nicht, wie sie sich mit diesem systemkonformen Zeug prostituierte, der Veröffentlichungstrieb sie zum Nachbeten zwang? – Der sie auf diese Art beschimpfte, genoß allgemeines Ansehen. Sein Report hieß »Mumientown«. Und in dem Nachhall düsterer Prophezeiungen stritt man sich um die Bildung des Adjektivs »suizidal«. Voll trotziger Bewunderung war sie geblieben und hatte Lesung um Lesung verfolgt. Ihre Sammlung von Ormig-, Xero- und Fotokopien hütete sie als kostbar-gefahrvollen Schatz. Vielleicht war es *das* Verdienst des Literaturinstituts gewesen, sie davon befreit zu haben. Oder stießen sie schließlich die eingefahrenen Rituale, die sich ähnelnden Texte, Gesichter und Gesten der Mittwoch-Runde ab? Sie wußte nur, sie kam da nicht weiter.

Ruths unförmige Pullover, lange Schals und weite Röcke waren Relikte dieser Zeit. Und ihr Lächeln über jene Frauen, die sich morgens, in dieser Form verkleidet, auf ihren alten Fahrrädern durch den Abgasdunst gesundstrampelten, war auch ein Lächeln über sich selbst.

Ruth nippte an dem Kaffee, der jetzt kalt war. Den kleinen Finger abgespreizt, die Lippen durften kaum den Tassenrand berühren; das machte ihr so leicht keiner nach. Was ursprünglich als Therapie gegen hastige Schlucke und überstürzte Mahlzeiten in der Mensa gedacht war, hatte sie auf unzählige Belanglosigkeiten ausgedehnt und bewußt kultiviert. Der Tag stimmte nicht, wenn Unvorhergesehenes eintrat. Diese unumstößliche Ruhe und stolze Besonnenheit; das waren meist die letzten, bereits resignierenden Komplimente, die sie von Männern zu hören bekam. Sie hatte sich gut in der Gewalt, davon lebte sie. Ihre Selbstachtung stieg und fiel mit dem Grad der Perfektion dieser Fähigkeit. An Tagen, an denen dieser Mechanismus nicht funktionierte, unternahm sie nichts, was sie hätte in Gefahr bringen können. Schon morgens beim Aufwachen signalisierte ihr Körper die nötigen Warnzeichen. Sie fröstelte im feuchtwarmen Bett, verspürte eine innere Leere und rollte sich katzenhaft zusammen. Ein schlimmes Zeichen war: Sie konnte sich nicht riechen. Der Geruch ihrer Haut gab ihr Zutrauen oder Unsicherheit für den ganzen Tag. Unter Puder, Parfümspray und Salben verborgen, fand sie sich abends wieder, holte sich zurück aus Lesesälen, Katalogräumen und Magazinen. Ängstlich horchte sie in sich hinein und achtete auf jede Regung, die sie von sich noch nicht kannte. Die Bewerbung am Literaturinstitut war ihr letzter Ausbruchsversuch aus Berlin gewesen, aus der Stadt, deren Sprache sie bereits mit all den nötigen Makeln beherrschte. Harmsdorf und der kränkelnden Mutter um einige Bahnkilometer näher, wußte sie vorher, daß ihre Flucht mißlingen würde.

Ruth schaute auf ihre Uhr. Das weißgoldene Digitaloval von ihrer Mutter war als bleibende Erinnerung gedacht, da sie Ringe nicht trug. Wie fremd ihr diese Leuchtmaschinen waren. Immerhin durfte sie ihr altes Armband behalten. In letzter Zeit überhäufte die Mutter sie mit Geschenken, hatte zum Auto etwas zugegeben. Das Angebot, sich von ihrem Konto zu bedienen, mußte sie sich bei jedem Besuch in Harmsdorf machen lassen. Sie verstand nicht, daß Ruth ausschließlich von dem leben wollte, was sie sich selbst erarbeitete. Von ihrem Plan, in der Bibliothek zu kündigen, würde die Mutter noch früh genug erfahren. Seit die Mutter das Haus verkauft hatte und bei ihrem Bruder im Oberdorf wohnte, war sie ganz auf die Tochter fixiert.

Genauso pünktlich und leise, wie sie wieder verschwanden, mußte gleich die Invasion schlipstragender Herren einsetzen. Ob die ihre Geschichten kaufen würden? Sie könnte eine Umfrage machen, in den Buchhandlungen nachschauen, wie ihr Buch ging. Getarnt als wählerischer Kunde würde sie es immer neu in günstige Stellungen bringen und unschlüssige Käufer sachverständig beraten.

Haben Sie schon etwas von Ruth Kölling gelesen, ja genau, das Bändchen mit dem herbstlichen Elbuferblick als Umschlagfoto. Diese Farbabstufungen sind einfach brillant.

Ihrer Freundin Hedwig hatte sie das Foto abgetrotzt und all ihre Mahnungen mißachtet, sogar Ärger mit dem künstlerischen Leiter im Verlag in Kauf genommen, der ihr vorwarf, ihre Erzählungen zu Interpretationen des Umschlagbildes zu degradieren.

Oft genug hatte Ruth damals in Harmsdorf Hedwig als ihre ältere Schwester bezeichnet. An Wochenenden, an denen ihre Mutter zu Bekannten fuhr, durfte sie die Freundin zu sich einladen. Die Puddingsuppen, die sie mit Rosinen und Obst aus dem Garten kochten, bekamen sie nie satt. Abends saßen sie in dem getäfelten Herrenzimmer, das nach dem Tod ihres Vaters kaum noch benutzt wurde, spielten Halma und machten sich aus Brausepulver Limonade, die sie, mit Strohhalmen, aus Whiskygläsern tranken. Erst als Hedwig einen festen Freund hatte, waren sie sich fremd geworden. Jahre später, Ruth studierte bereits an der Bibliothekarschule, begegneten sie sich in Harmsdorf zufällig wieder. Hedwig kam von der Schwangerenberatung aus der Kreisstadt, mit Papierwindeln beladen. Übervorsichtig und in ihrer stolzen Behäbigkeit viel älter wirkend, hatte sie sich von Ruth aus dem Bus helfen lassen. Das letzte, woran Ruth sich erinnerte, waren die Schweißperlen auf Hedwigs Stirn. Hastig hatte sie sich verabschiedet, denn schwitzende Leute waren ihr unangenehm, und an sich selbst gab es nichts, was sie mehr haßte. Deshalb war der morgendliche Wetterbericht so wichtig. Ihr Radiowecker hatte sie noch nie im Stich gelassen. Sicher fand sie nach Ansage der Tagestemperaturen die Vorwahltaste, um die Angaben der Freien Universität Berlin mit denen der Potsdamer Warte zu vergleichen. Das geheime einigende Vergnügen der Sprecher schien darin zu bestehen, sich in falschen Vorhersagen gegenseitig zu überbieten. Wenn sie, irrtümlich auf Kühle eingestellt, im Wollpullover Bücherkarren schieben und Pakete zur Poststelle tragen mußte, schränkte Juckreiz ihre Bewegungen auf ein Mindestmaß ein. Sie hatte nie gezählt, wie oft sie sich an solchen Tagen waschen ging.

Mütterklatsch hielt Ruth nur dürftig über Hedwig auf dem laufenden. Um so mehr war sie überrascht, ihre Spielfreundin am Literaturinstitut wiederzusehen: Mit einer Reproduktion von Picassos »Mädchen von Avignon« in der Hand sprach sie über den Beginn des Kubismus. Das Seminar im ersten Semester hieß »Einführung in die bildende Kunst«. Nicht, daß sich Ruth für die Ismen futuristischer, simultaner oder dadaistischer Prägung sonderlich interessiert hätte, dafür hielt sie sich für zu ungebildet, aber Hedwig hatte sie davor bewahrt, das Fernstudium abzubrechen.

Ruths Depressionen hingen mit einer Charaktereigenschaft zusammen, der sie hilflos ausgeliefert war und die sie als »Gefühl für den Ort« umschrieb. Wenn sie nach den Seminaren zum Zimmernachweis am Hauptbahnhof ging, um sich ein Quartier für die Nacht zu besorgen, kämpfte sie jedesmal gegen den Wunsch, den nächsten Zug nach Berlin oder in Richtung Harmsdorf zu nehmen. Sie hätte ins Kino, ins Museum gehen oder Antiquariate durchstöbern können, aber während der Studienwochen in Leipzig befiel sie eine lähmende Inaktivität. Und auch ans Schreiben war überhaupt nicht zu denken.

Sie brauchte eine bestimmte Beziehung zu Straßen und Plätzen, Cafés und Geschäften einer Stadt, die herzustellen vor allem Zeit erforderte. In dem schmuddligen Espresso im Bahnhof, wo sie nachmittags im Stehen ihren Kaffee trank, erfand sie immer neue Vorwände, um ihren Aufenthalt abzukürzen. Telegramme ihrer Mutter riefen sie dringend nach Hause – und um ihre Tochter zwei Tage länger bei sich zu haben, war die Mutter zu diesen Verschwörungen gern bereit. In der Bibliothek bot sie sich an, Vertretungen im Lesesaal und in der Pförtnerloge zu übernehmen, einzig mit der Bitte verknüpft, sie aus dienstlichen Gründen für die Woche am Institut zu entschuldigen. Hedwigs Aufforderung, bei ihr zu wohnen, glich mehr einem Befehl, den sie willig befolgte.

Das gurgelnde Zischen des Sahnespenders an der Bar riß Ruth von ihrem Umschlagfoto los. Die Schlange am Zeitungsstand kündigte die Mittagspause an. Jetzt würde sie ihr Reich verteidigen müssen. Sie entschied sich für die Pose des völligen Entrücktseins, die kam ihrer Stimmung am nächsten. War der Mann dort an den Telefonboxen, der wie ertappt aus ihrem Blickfeld verschwand, nicht Dieter, ihr Verehrer aus der Kinderbuchabteilung? Sie hatte ihm klargemacht, daß sie auch weiterhin gedachte, die Mittagspause allein zu verbringen. Ab eins gehörte ihm das Café. Um rechtzeitig hier zu sein und ihm nicht über den Weg zu laufen, ging sie nun vormittags in die Buchhandlungen. Die Freude, ihr einen der Kalender zu schenken, die ausländische Tauschpartner zum Jahreswechsel schickten, ließ sie ihm. Entweder fand sie seine Aufmerksamkeit in einem Dienstcouvert verborgen auf ihrem Schreibtisch, oder er steckte ihr den Kalender auf einer der Gewerkschaftsversammlungen verstohlen zu. Als Vertrauensmann war Dieter verpflichtet, Ruth bis ins Krankenhaus zu verfolgen und sie mit seinem Schweigen zu belästigen. Der Beginn der Gruppentherapie oder die Einteilung zum Küchendienst erlöste sie von seiner Anwesenheit.

Nie hatte sie daran gedacht, ihn nach seinem Geburtstag zu fragen. Von einem dieser zahllosen Bibliothekssingles war ihr ein Buch über Sternzeichen geradezu aufgedrängt worden. Das mit der Geburtsstunde und dem Aszendenten hatte sie zwar nicht begriffen, aber soviel stand fest: Sie war Wassermann; ein modernes, unkonventionelles Wesen mit dem Wunsch nach gleichberechtigter Zweisamkeit. Bedrängungen konnten jedoch zu Beengungspsychosen führen und Ablehnung zur Folge haben. Aus kleinstädtischer Naivität war sie als Studentin von einer Bedrängung in die andere gefallen; hatte erst unter Schmerzen, dann unter dumpfer Hinnahme, eingekeilt zwischen Spüle und Gemeinschaftskühlschrank der Etagenküche, gelernt, wie man sich für einen behüteten Heimweg bedankte. Ihr Ausweg war wieder nur Flucht gewesen: Beim Praktikum im dritten Studienjahr hatte sie einen promovierten Inkunabelfachmann kennengelernt und war aus dem Internat in seine zentralbeheizte Einraumwohnung gezogen. Aber die Verbindung benachbarter Sternzeichen galt als problematisch, sie hätte sich davor hüten sollen. Immer eins voneinander getrennt, lautete die Formel, also Schütze oder Widder. Trotzdem war ihr bei ihm die erste veröffentlichungsreife Geschichte gelungen. Lärm, mißverstandene Zärtlichkeiten und die Unmöglichkeit, zu zweit in einem Zimmer zu arbeiten, hatten sie zum Schreiben in den Lattenverschlag des Kellers getrieben.

Ruth spürte Blicke auf sich ruhen. Gleich würde die unvermeidliche Frage nach freien Plätzen kommen. Keinesfalls aufschauen, dachte sie, geschäftig die Dinge auf dem Tisch in scheinbarer Erwartung eines Bekannten oder einer Freundin ordnen. Das neue Päckchen Zigaretten auf amerikanisch öffnen, eine mit dem Daumen herausschnipsen und die tastenden Blicke im Rauch ersticken. Vielleicht sollte sie aufstehen und den Podest als Laufsteg benutzen, sich mit der einmaligen Preisgabe ihrer Lippen, Schultern, Brüste und was sonst noch begehrenswert erschien, dauerhafte Nichtbeachtung erkaufen.

Diese Wassermannfrau liest Ihnen Ihre Wünsche von den Augen ab. Sie macht sich Ihnen zum Sklaven, nur dürfen Sie dies keineswegs erzwingen.

Die Gefahr war vorüber. Ruth schaute wieder auf das Umschlagfoto. Hatte sie nicht auf ihren Erfolg und die neuen Möglichkeiten trinken wollen? Sie wies den Gedanken noch von sich, merkte aber, wie sie in einem verborgenen Winkel ihr Buch zu hassen begann. Dieses Zeugnis vertaner Gelegenheiten hatte ihr die Gewißheit genommen, mit ihrer alltäglichen Arbeit etwas Nützliches zu tun. Aus Furcht, sie könnte ihre Gefühle und Vorstellungen bereits in anderen Büchern ihrer Generation viel überzeugender dargestellt finden, las sie Autoren, die für sie ohnehin unerreichbar waren. Der Drang zu schreiben hatte ihr Schlaf und Ruhe geraubt, ihre Empfindlichkeit Geräuschen gegenüber krankhaft gesteigert und sie unter zeitweilige psychiatrische Aufsicht gebracht. Ihre Unrast äußerte sich in ständigem Wohnungswechsel. Manchmal wünschte sie sich nach Harmsdorf zurück, als müßte sie dort nach den Wurzeln ihrer Probleme suchen. Den Verkauf des Hauses, das die Großeltern erbaut und zusammen mit der Tierarztpraxis ihrem Sohn vererbt hatten, verzieh Ruth ihrer Mutter nie. Um Haus und Hof unterhalten zu können, vermietete die Mutter ein paar Jahre Zimmer an Urlauber. Sie hatte kurzerhand verkauft und war zu ihrem Bruder gezogen, als Ruth nach dem Studium an der Bibliothekarschule beschloß, in Berlin zu bleiben. An diesem Tag mußte der Mutter klar geworden sein, daß sich ihre Träume vom Schwiegersohn und Enkelkind nicht mehr erfüllen würden.

Ruth schien es, als habe sie sich erst nach ihrem einstigen Kinderzimmer mit Elbuferblick gesehnt, nachdem dieses unwiederbringlich verloren war. Und doch brauchte sie endlich einen Ort, an dem sie sich heimisch fühlte, Bücher, Bilder, ihr Schreibtisch einen Platz hatten, zu dem sie jederzeit zurückkommen konnte. – Zum Greifen nah, über die Biegung des Flusses hinweg, lag der Lilienstein. Sie würde in ihrem Zimmer wieder laut Musik hören können, ohne sich unter Geräuschen zitternd zu ducken. Und auf dem Stuhl neben dem eisernen Ofen müßte Hedwig sitzen, wie damals, als sie einander Robinson Crusoe und Sigismund Rüstig vorgelesen hatten.

Statt dessen war Ruth nach sechs Jahren Berlin-

Aufenthalt ihre erste Wohnung zugewiesen worden. Das fernbeheizte Bad des Inkunabelexperten hatte sie mit einer Außentoilette im Hinterhaus vertauscht. Wenn sie auf dem Rand der mit Papier ausgelegten Holzklobrille saß und auf die Schritte im Treppenflur lauschte, tat sie sich selber leid. War es im Winter ihres Einzugs ein Unbekannter, der ihre Toilette heimlich mit benutzte und sie durch glibbrige Sprüche verschreckte, ängstigte sie sich bereits im darauffolgenden Sommer vor den Stimmen in ihr selbst. Weder das Donnern der Hochbahn noch der knarrende Baß des Zeitungsverkäufers erlöste sie davon. In den schwülen Augustnächten sah sie sich in ihren Träumen nackt und merkwürdig aufgeschwemmt in bizarren Verrenkungen über den Hinterhof gebreitet, nicht nur gezwungen, sich selbst zu entblößen, sondern die Preisgabe aller anderen Mieter mitzuerleben. Überdeutlich vernahm sie Schreie im obersten Stock, peitschend-prasselnde Punk-Rhythmen, unterlegt mit den Schüssen des Freitagskrimis. Aus den süßlichen Dämpfen der Feinschmekkerküche im Erdgeschoß drang lüsternes Lachen.

Ruth rauchte hastiger. Gegen dieses Zittern, das sie unvorbereitet befiel, war sie machtlos. Sie würde eine Rudotel nehmen, den Kellner um ein Glas Wasser bitten. Ihre Umzieherei sei nichts als Image-Pflege, hatte ihr der Kaderleiter, dessen Rauhbeinigkeit mit seinen militärischen Verdiensten entschuldigt wurde, vorgeworfen – und gereizt hinzugefügt, daß sich ihr Abschluß in Leipzig doch irgendwie nennen müßte. Ruths Vorschlag: »Absolvent des Literaturinstituts«, fand er verdächtig unkonkret, die

Qualifizierung einer Überprüfung wert. Ihr wiederholter Wohnungswechsel zwang ihn zur Anlage einer neuen Karteikarte.

Was ahnten ihre Kolleginnen schon von ihren Nöten. Für verrückt würden sie sie erklären, wüßten sie von den Stapeln faltbarer Bücherkartons auf ihrem Hängeboden, die, ihrem wachsenden Buchbestand entsprechend, regelmäßig aufgestockt wurden, um jederzeit für einen Umzug bereit zu sein. Sie wollte nicht das Bauprogramm durcheinanderbringen, die Störfaktoren vermehren, aber Garantieansprüche für Wohnungen anmelden zu dürfen – damit finge bei ihr die Sorge um das Wohlbefinden der Menschen an. Es gab Probeläufe, Probezeiten, Probedrucke, Probierpackungen und sogar Probierstuben, warum keine Frist für die vier Wände, denen man oft ein Leben lang ausgeliefert war?

Ruth mußte an ihren zweiten Tauschpartner, einen Kohlenträger, denken, den sie mit ihren Bemerkungen über probeweises Wohnen verunsichert hatte. Die Wohnungen lagen nur ein paar Querstraßen voneinander entfernt, und der Kohlenträger hatte sich angeboten, den Umzug zu übernehmen. Mit einer fußgelenkten Dieselameise waren sie ewig hin- und hergetuckert. Erschöpft ruhte sie sich anschließend auf ihrer Schaumstoffmatte unter rosafarbenen Stuckengeln aus, die einfältig und mit abblätternden Gesichtszügen auf sie herabschauten. Spuren von Kohlenstaub fand Ruth noch Monate später an Teppichrändern und Regalbrettern. Das zusätzliche halbe Zimmer verdankte sie dem Balkon vor ihrer Küche. Der erste Hund des Kohlenträgers hatte sich vor den

Augen der Postfrau vom Küchenfenster zu Tode gestürzt. Dieser Gefahr bei seinem zweiten Hund vorzubeugen, gab er das halbe Zimmer gern her.

Die Inbesitznahme einer Wohnung nach dem Umzug zählte für Ruth zu den aufregendsten Erlebnissen. Stundenlang konnte sie die Gerüche des Vormieters in der Gewißheit einsaugen, diese allmählich durch die eigenen zu verdrängen; sich den Geräuschen anvertrauen: dem tropfenden Wasserhahn in der Küche, klirrenden Fensterscheiben, wenn eine Straßenbahn vorbeifuhr, oder dem Klappen der Haustür zwei Stockwerke unter ihr. An das Einrichten brauchte sie keine Gedanken zu verschwenden, das geschah mit beinahe professioneller Perfektion. Sie besaß ihre Standardausrüstung, die für alle Raumvarianten annehmbare Lösungen bot. Doch nach einigen Wochen oder Monaten spürte sie wieder dieses Zittern in sich, an dem sie merkte, daß sie nur eine Angst gegen eine andere eingetauscht hatte. Ihr Eifer, die Wohnung herzurichten, ließ nach, und Ruth rechnete sich bereits Chancen für einen erneuten Umzug aus. Sie schien die Veränderungen, die sie fürchtete, geradezu herbeizuwünschen. Als brächen alle Geräusche, die sie bisher belästigt hatten, auf einmal aus ihr hervor, hörte sie den Mann über sich in der Küche Holz hacken, vernahm Hundegekläff und das Brummen der Kühlaggregate beim Bäcker parterre.

Wer sagte ihr denn, daß der Rentner neben ihr noch lange leben würde. Dem rhythmischen Knarren des Schaukelstuhls und dem Quietschen seines Krückstocks mit Gummispitze lieferte sie sich gerne aus. Zweimal bereits hatte sie weißbekittelte Träger gesehen, die über die engen Treppenabsätze flüchten, als sie ihren Nachbarn für mehrere Wochen ins Krankenhaus brachten. Beide Male gab es wohnungssuchende Enkelkinder, die, nach Ruths Ansicht, systematisch an ihrer Vertreibung arbeiteten. Aber dazu gehörte nicht viel: Ein paar Phonstärken, klirrende Gläser und Flaschen, Lachen, an dem sie keinen Anteil hatte; in eine erregende Stille hinein Laute, die durch dicke Kopfkissen drangen, sie ruhelos machten, an ihr entlangglitten und über die Glasaugen ihres Kuscheltieres hinweg die Stelle fanden, zu der sich ihr Körper hinzuschieben schien. Willig ließ sie sich von ihren Fingern führen, hastig, um die Geräusche einzuholen. Dann war es plötzlich still hinter der Wand. Ruth spürte ein Brennen zwischen den Schenkeln, das blieb.

Wie selbstbewußt sie doch war. Überhaupt machte sie lieber alles alleine, dann wußte sie wenigstens, wer mit ihrem Körper umging. Bei einigem Geschick war da kein Unterschied, man mußte sich nur mit einer Ausschließlichkeit lieben, zu der viele nicht die Kraft aufbrachten. Die meisten hatten sich nie richtig entdeckt, sich Parolen, Ideen oder Männern hingegeben, ohne zu wissen, was und wem sie eigentlich gaben. Aber wenn sie ehrlich war, hatten weder die Hingabe an sich selbst noch räumliche Veränderung ihren Zustand verbessert. Sie würde sich eben nicht mehr los werden.

Ruth beobachtete den Herrn am Nebentisch, der aus seiner Pfeife Rauchringe in die Luft blies. Dem Duft nach schätzte sie Plum Cake, wahrscheinlich

Mac Baren's. Bei Tabak unterbot der Shop sämtliche Dumpingpreise. Eingebautes Thermometer und Köpfeset waren natürlich reine Angeberei. Mit seinem neuesten Schrei träumte der bestimmt vom privaten Tabakhändler und seinem special blend. Ob er wohl das alberne Messen der Rauchtemperatur vergessen würde, wenn sie jetzt ihren Vortrag hielte: Die Pfeife rauchende Frau in Europa – Genuß und ideelle Selbstbefreiung.

*Vergleicht man den Status der ihre »clays« rauchenden Damen zur Zeit Jakobs I. mit dem der Quäkerinnen Mitte des 17. Jahrhunderts, deren bescheidene Ausgaben für Tonpfeifen sorgfältig in ihren Haushaltsbüchern vermerkt sind, …*

Dieser Vortrag war alles gewesen, was von ihren Nachforschungen blieb.

Während ihres ersten Aufenthaltes in der Nervenklinik im dritten Studienjahr war ihr das Pfeiferauchen empfohlen worden, um sie von ihren zwanzig Zigaretten täglich wegzubringen. Das Ritual entspanne, zwinge zur Ruhe und erfordere Konzentration. Sie hatte den Ratschlag des Arztes mit beängstigendem Enthusiasmus befolgt. Schützte sie in der ersten Zeit noch den Geburtstag eines Freundes vor, um nach Tabak, Reinigern und Filtern zu fragen, gab sie sich bald selbst als Pfeifenliebhaberin zu erkennen. Ehe sie zu ihrem Inkunabelexperten zog, verbrachte sie heimlich Nächte im Frauenruheraum der Bibliothek, in den vertraut die Bahnhofslautsprecher klangen, und las die Fachliteratur, die sie im Heinsius, Kayser und in der Nabi gefunden hatte. Mit einer Konzeption für ein Pfeifenbuch in der Tasche war sie zum erstbesten Sachbuchverlag gegangen – und war abgewimmelt worden. An ein solches Projekt müsse doch ein Mann ran. Aber bei einem Klubabend des Hauses wäre sie ein gern gesehener Gast und könne ihre Ideen einmal äußern. So war ihr Vortrag entstanden – und damit ihr Eifer vorbei.

Der Herr am Nebentisch hatte den süßlichen Duft mitgenommen. Ruth schaute auf die Zigarettenpakkung mit den Streublümchen. Sie hätte ihr Poesiealbum damals nicht verbrennen sollen. Am letzten Geburtstag, den die Mutter in ihrem Haus feierte, hatte Ruth ihr Zimmer ausgeräumt und alles, was sie an Harmsdorf erinnerte, in den eisernen Ofen gestopft: die Glitzerlackbilder mit den Blumen, Kätzchen und Kränzen; Briefe von Hans, dem Soldaten, Gefreiten und die rosaroten Schleifen dazu. Nach der Kaffeetafel hatte sie sich davongestohlen, um spazierenzugehen. Viele der Mädchen, die sie von der Schule her kannte, waren im Dorf geblieben, hatten geheiratet, Kinder bekommen und Häuser gebaut. Verlegen schaute sie in Himmelbetten, brachte die Worte nicht heraus, die man erwartete. Die Sorge um die Tomaten, die nicht mehr reifen würden, kam ihr lächerlich vor. Froh konnte sie sein, sich von dieser kleinen Welt gelöst zu haben. Ruth lief über die abgeernteten Felder zu den Sandsteinfelsen, auf denen sie früher gern geklettert war. Das nasse Laub machte den Aufstieg gefährlich. Als sie die Eisenleitern hinter sich hatte und vor dem Abgrund stand, der Wind an ihr zerrte und sie verführerisch weiterschob, wünschte sie sich in eines der winzigen Häuser unter ihr.

Über Lautsprecher wurden die Teilnehmer eines

Symposiums aufgefordert, ihre Plätze im Konferenzsaal wieder einzunehmen. Für ihr Buch schien sich kein Mensch zu interessieren. Und wenn sie nun weiterschrieb, nur um diesen freiberuflichen Status zu erreichen, verführt von einer sie faszinierenden Furcht, die ihr Nervenarzt Phobie genannt hatte? Die schönen Wendungen von Funktion und Botschaft waren doch nicht mehr als tarnende Worte für selbst erlittene Nöte, die Rechtfertigung der eigenen Existenz, um das eigentliche Leben kunstvoll zu umgehen. Moralisch gesehen war das Lauern auf den Schmerz verwerflich. Noch konnte sie sich entscheiden, oder glaubte sie an Vorbestimmung? Für tiefsinnige Interviews war ihr Intellekt nicht genug entwickelt, und ihr Schamgefühl bewahrte sie davor, Bekanntes mit schlechteren Worten noch einmal zu sagen. Sie sollte jetzt lieber gehen. Freute sie sich etwa insgeheim auf den Lesesaaldienst am Nachmittag? Vielleicht kam sie ohne ihren geregelten Arbeitstag überhaupt nicht zurecht. Morgen müßte sie den ihr anvertrauten Lehrlingen das System der Deutschen Nationalbibliographie erklären, natürlich mit den entsprechenden Übungen zu den Reihen A, B und C. Mit dem Fach Titelaufnahme hatte sie damals die größten Schwierigkeiten gehabt. Bei ihren Magazineinsätzen alle sechs Monate, um die Berge zurückgegebener Bücher aufzuarbeiten, war sie ab und zu verschwunden und hatte in einem versteckten Winkel wahllos Bücher aus den Regalen genommen, die Angaben zum Titel in der genormten Reihenfolge aufzuschreiben versucht und danach im Katalograum ihre Version mit den ausgedruckten

Zetteln verglichen. Das Gefühl, nie genügend Zeit für etwas zu haben, hatte sie schon immer belastet. Wenn sie anfing, sich in eine Sache zu vertiefen, mußte sie bereits für die Abschlußprüfungen lernen. Ihr Wissen kam ihr, trotz guter Leistungen, stümperhaft vor. Langsam wuchsen die neuen Büchertürme auf den Fundamenten des einstigen Kuppelsaales. Aus Brettern und Kanthölzern vom Abriß hatte sie sich Regale für ihre erste Wohnung gebaut. Wie lange war das her? Vorgetäuschte Zeitnot ließ den Herbst abrupt im Oktober enden; nicht mal in die Jahreszeiten durfte man sich finden. Lebkuchenherzen vom Vorjahr drängten sich durch Preisnachlässe auf, Papierschlangen und Tischfeuerwerk lösten die Weihnachtsdekoration bereits an den Feiertagen ab. Und hier am Eingang des »Palastes« beschwor man mit Krokussen, Hyazinthen und Winterlingen den ewigen Frühling herauf.

Ruth mußte an Hedwigs Wohnung denken, in der die Jahreszeiten zu einem einzigen melancholischen Fest ineinanderglitten: verdorrte Mistelzweige über der Badtür, ein Nest mit Amseleiern in einer Gipshand an der Wand, Tupfen Schnee neben kopflosen Papphasen und einem in Wachs erstarrten Blumenkranz in der unbenutzten Mädchenkammer.

Als sie sich in jenem Seminar in Leipzig erneut begegneten, war Hedwig gerade geschieden, ihr Mann zu einer anderen Frau gezogen. Hedwig erzählte ihr, wie sie erst vor drei Jahren gemeinsam leerstehende Wohnungen aufgespürt, Eigentümer und kommunale Verwaltung ausgespielt und endlich die vier Zimmer mit Kammern, zwei Balkonen und separatem WC bekommen hatten. Aufgerieben hätte sie diese Aktion, nun käme die Angst hinzu, die Wohnung gegen eine kleinere oder gar gegen zwei tauschen zu müssen, wozu ihr Exmann drängte. Ruth wußte nicht, ob sie ihrer Freundin damit helfen würde, aber sie meldete sich polizeilich bei ihr an.

Hedwigs Sohn Daniel war acht, und mit seinem Setter beherrschte er die beiden Kammern sowie den hinteren Teil des Flures, der zu dem unbenutzten Dienstboteneingang führte. Als Ruth die erste Woche bei Hedwig wohnte, war Daniel bei seinem Vater in den Ferien. Wenn dieser Zustand angehalten hätte ..., über zwei Jahre hatte sie diese Frage mit sich herumgetragen. Quer über das Ehebett in die weichen Kissen gedrückt, sog Ruth den Duft ofenfrischer Brötchen ein. Als etwas Angenehmes hatte sie Betten bisher nie empfunden, zu oft waren sie zu Orten der Bedrängnis geworden, der Teilnahmslosigkeit, als ob das, was mit ihrem Körper passierte, sie nichts anging. Dünn konnte sie sich machen, fast unsichtbar, Brüste und Stirn an die kühlende Wand gepreßt. Bisher hatte sie ausschließlich sich selbst gesucht. Aber die Spuren von Hedwig waren in den Falten des angerauhten Lakens nicht mehr zu entdecken. Seit ihrer Scheidung schlief sie im Atelier, im Geruch von Farbe, Terpentin, Leinwand und Bienenwachs. Doch das Gefühl von Geborgenheit, das Hedwig ausströmte, schien durch die Wand hindurchzudringen. Ihr fülliger Körper gab ständig Wärme ab und wurde von unsichtbaren Quellen gespeist. War das die Hedwig von der Bushaltestelle damals? Während Ruth versuchte, das

Chaos um sich herum zu ordnen, nahm Hedwig von ihrer Umgebung kaum Notiz. Sie war im besten Sinne des Wortes von sich eingenommen. Ungehemmt und reuelos durfte sich Ruth von Hedwigs Wesen bedienen, Verständnis für ihre eigenen Probleme jedoch nicht erwarten. Wußte sie das anfangs schon? War der Grund für ihre Trennung, Daniel, nur vorgeschoben? Trotzdem genoß sie es, sich ohne Angst aufzugeben. Sie mußte allen Mut zusammennehmen, um sich Sonntag abends in das Gewimmel des Hauptbahnhofs zu stürzen. Je länger sie bei Hedwig wohnte, desto schwieriger erschien ihr die Rückkehr nach Berlin. Hedwigs große Hände beruhigten das Beben in ihr, dabei wiegte sich der kurzgeschorene Kopf unmerklich hin und her. Ruth durfte ohne Scham Kind sein, krebsrot in der überschwappenden Wanne sitzen. War sie es, die Hedwig gebeten hatte, nachts noch bei ihr zu bleiben? Hedwig konnte herrlich Geschichten erzählen, die eher Selbstgespräche waren und sich wie Entwürfe zu ihren Bildern anhörten. Ihre Lippen begegneten sich nur flüchtig, ohne Härte und Dringlichkeit. Ruth würde warten können.

Am Nebentisch forderten Kinder laut Cola. Erleichtert sah Ruth, daß die Mutter sofort zahlte.

Nie solch eine Göre. – Hatte sie Hedwig tatsächlich angeschrien? Daniel war zurückgekommen. Mit seinen störrischen Haaren und dem eckigen Gesicht mußte er das Ebenbild seines Vaters sein. Merkte Hedwig nicht, wie er sie tyrannisierte, ihre Gutmütigkeit ausnutzte und abends ihr Zusammensein mit scheinheiligen Argumenten störte?

Mit einer ruckartigen Bewegung setzte sich Ruth aufrecht hin. Fast verächtlich musterte sie ihr Buch. Wie alt war sie eigentlich und wieviel Zeit mußte vergehen, um endlich zuzugeben, daß sie eifersüchtig auf ein achtjähriges Kind gewesen war. – Wenig war in der Zwischenzeit geschehen. Sie hatte einen ausgezeichneten Abschluß am Literaturinstitut gemacht, Trennungen von Wohnungen und Liebhabern erlebt, auf ihre Figur geachtet und, unfähig, etwas Neues zu schreiben, auf die Veröffentlichung ihrer Erzählungen gewartet.

Ruth schaute zur Bar hinüber. Die Frau mit den regennassen Haaren, die unschlüssig nach einem Platz suchte, kannte sie doch. Es war unmöglich, sich all die Leute zu merken, die sie in der Bibliothek um Auskünfte baten, trotzdem fuhr sie bei jedem unerwarteten Gruß immer noch zusammen. Ihr fiel die Apotheke ein, in der sie Rudotel geholt und Ohropax verlangt hatte. Sie mußte etwas dümmlich gelächelt haben, als ihr gesagt wurde, für Lärmschutzmittel sei die Drogerie zuständig. Sie vergaß das jedesmal.

Ruth nahm ihren Mantel vom Stuhl. Nie hätte sie von diesem blassen Gesicht Notiz genommen. Aber die andere schien entschlossen zu sein. Soweit sie die Tische überblickte, war alles besetzt, bis auf die beiden Stühle in ihrer entlegenen Ecke.

Ja, bitte. – Hatte sie das wirklich gesagt? Stumm war sie geblieben, die Herablassung selbst. Aber die andere mußte verstanden haben. Ob sie sich hier verabredet hatte, darauf setzte, daß sie bald gehen würde? Falls sie Gesellschaft suchte, sich unterhalten wollte, war das der falsche Tisch.

Klein war sie, unauffällig. Ruth erinnerte sich an die ebenmäßigen Zahlen, die sie auf das Rezept geschrieben hatte: Fünf Mark fünfzig. Die Zahlen ähnelten den Zeichen, die Hedwig neben ihr Signum malte. Die Farbtupfer in den Blautönen, die sie liebte, schienen nichts als die Annäherung an ihren Mädchennamen zu sein, den sie wieder annehmen wollte. Hedwig hatte Ruth porträtiert. Willig hatte sich Ruth ihren Anweisungen gefügt. Mit dem Daumen strich Hedwig einen letzten schützenden Schatten über ihr Gesicht. Aber so sehr sich Ruth auch anstrengte, sie konnte sich in dem Bild nicht finden.

Nun hatte sie zu guter Letzt noch eine Tischgenossin. Wie sie wohl heißen mochte? Ihre Haut sah nicht übermäßig gepflegt aus, die Haare waren eine Spur zu dünn. Sollte sie den Anfang machen, sie mit dem Du einfach überrumpeln? Ihre Blicke mußte die andere schon aushalten, den Platz hatte sie schließlich freiwillig gewählt. – Warum reagierte sie so aggressiv. Sie tat diesen Augen ihr gegenüber Unrecht, in denen etwas von Hedwig war, wenn sie mit ihrer Staffelei den Sonnenstrahlen folgte. Kindisch, Vorwände zu suchen. Dieses Flackern kannte sie zu gut. Sie war erwachsen, nicht glücklich darüber, aber immerhin körperlich zur Zufriedenheit entwickelt.

Sie war jetzt ..., über dreißig. Sie könnte die andere jetzt gleich zu einem Kaffee einladen, besser zu einem Kognak, den hatten sie beide nötig. Das müßte sie sofort tun. Doch zuerst würde sie das Buch tief in ihre Tasche stecken, vielleicht brauchte sie es nicht mehr.

# Karin

Karin begleitete Frau Stock hinaus und blickte die Allee hinunter. Ein Windstoß trieb den Regen gegen die Scheiben. Hastig trat Karin in den Vorbau der Nachtdienstapotheke zurück, schaltete Außenbeleuchtung und Bereitschaftsanzeige ein und schloß die große Glastür sorgfältig zu. Mit einem Griff auf die Klinke vergewisserte sie sich noch einmal. Dann durchquerte sie mit schnellen Schritten die Offizin, brachte unter Mühen eine Schiebetür so weit auf, daß sie sich hindurchzwängen konnte, ging den schmalen Flur entlang, dessen bis zur Decke reichende Einbauschränke nur durch drei Türen unterbrochen wurden, und betrat den Aufenthaltsraum. Ihre Bettwäsche lag auf dem Tisch. Daneben ein Teller mit Pfannkuchen, der Rest von Frau Stocks neuerlichem Einstand nach dem zweiten Kind. Kaffee sollte irgendwo im Schrank sein. Wenn sie sich hier nur besser auskennen würde. Karin zog ihren Pullover aus, fuhr mit einer Hand kurz unter die Achselhöhle und roch an ihren Fingern. Aber sie hatte jetzt keine Zeit, sich zu waschen, denn jeden Moment konnte es klingeln. Das triste Herbstwetter schien die Leute besonders ruhelos und anfällig zu machen. Karin knöpfte den frischgewaschenen Kittel zu, steckte Schlüssel und Kugelschreiber in die aufgesetzten Taschen und ging zum Fenster, um die Übergardinen zuzuziehen.

Ihre Mutter würde mit ihrem Anruf rechnen. Immer wartete sie, wenn Karin Nacht- oder genauer Bereitschaftsdienst hatte. Denn man hatte ja nur bereit zu sein, im Falle, daß ... Die besser bezahlte Nachtarbeit gab es für Apotheker nicht, sie war denen vorbehalten, die tatsächlich arbeiteten, Ärzten zum Beispiel. Laut Vorschrift war also schlafen erlaubt. Halb angezogen pflegte Karin in dem steifen Bettzeug zu liegen. Dieser Tag-Nacht-Tag-Tortur alle fünf Wochen paßte sie ihre Garderobe an: knopf-, schleifen- und senkellos, den Kittel ausgenommen. Nächtelang war sie die schrille Klingel nicht losgeworden. Erst nach Jahren hatte sie sich daran gewöhnt, auch an die mütterlichen Fragen am Telefon und ihre stereotypen Antworten. Der morgendliche Rapport verlief dann ähnlich. Mit dem letzten Ton des 7.30-Uhr-Zeitzeichens läutete das Telefon, fünfzehn Minuten bevor die Putzfrau an die Tür des Nachtdienstzimmers klopfte.

Ja, sie mußte noch nachsehen, ob die vom Vater bevorzugten Magentabletten vorrätig waren und durfte nicht vergessen, Schönheitssalbe anzufertigen. Hoffentlich war mit der letzten Lieferung das rare Olivenöl gekommen. Der gereizte Ton würde ihrer Mutter sofort auffallen. Sie mußte besser achtgeben, um nicht eine Flut von Ratschlägen und Fragen auszulösen. Vor dem Hintergrund plätschernden Badewassers und klassischer Musik, die ihr aus der Hörmuschel entgegenschlugen, wirkte die übertriebene Besorgnis grotesk. Obwohl sie es nicht anders kannte, hatte Karin sich durch das mütterliche Morgenritual immer bedrängt gefühlt. Und noch jetzt, bei ihren Wochenendbesuchen, forderte dieses Kultivieren von Nichtigkeiten, wie sie das eitle Getue der Mutter bezeichnete, Karins Trotz heraus. Was war gegen ein Frühstück im Morgenmantel zu sagen. Unter flaschengrünem Samt verbarg sich ein gesalbter Körper, entkrampft durch gymnastische Übungen und den Gebrauch einer langstieligen Massagebürste. Egoistisch wie sie war, hatte die Mutter ihre unbestreitbare Schönheit für sich behalten und Karin nichts davon vererbt. Karins kosmetische Versuche waren erfolglos geblieben, was ihren Trotz nur verstärkte und zu einer demonstrativen Kürze der Morgentoilette führte.

An Tempotaschentücher mußte sie denken, sie hatte es satt, die ganze Verwandtschaft mit Medikamenten zu versorgen. Das ging entschieden zu weit. Ob rezeptpflichtig oder nicht, wurde gar nicht mehr gefragt. Ihre Mutter hielt damit, wie sie meinte, wichtige Verbindungen aufrecht, die ihr, Karin, ebenfalls zugute kamen: die Verkäuferin im Stoffladen, die Fleischermeisterin. Und den armen Vater wegen eines Rezeptes zum Arzt zu jagen, war doch eine Zumutung. Zum armen Vater gesellten sich Kollegen, Vorgesetzte, deren Gunst nicht verscherzt werden durfte … Karins Protest in regelmäßigem Abstand stieß auf gekränktes Schweigen, und das kurzzeitige Abflauen von Bestellungen.

Sie würde noch schnell die liegengebliebene Rezeptur fertig machen und dann vor dem Fernseher das weitere abwarten. Der OTC-Saft hätte zwar bis morgen früh Zeit gehabt, aber schließlich sollte sie etwas zu tun bekommen. Deshalb hatte Frau Stock wohl großzügig darauf verzichtet, das Antibiotikum noch selbst herzustellen.

Karin nahm ein Becherglas und löste Natriumacetat in der angegebenen Menge Wasser auf. Eigentlich war ihr das auch egal. In der Rezeptur hatte man seine Ruhe und konnte sich das Pensum einteilen. Ausgefallene Bestellungen waren ohnehin selten. Und was man an Werten nicht im Kopf hatte, war in den Standardrezepturen nachzuschlagen. Sie tarierte sich auf der Oberschalenwaage eine 100-Gramm-Flasche aus, wog das OTC darin ein und löste es mit der vorgeschriebenen Menge Wasser. Dann schüttelte sie die Flasche, bis die Lösung klar wurde.

Unvorsichtigerweise hatte sie einmal geäußert, sie ziehe die Rezeptur jeder anderen Arbeit vor. Das war auf der ersten Weihnachtsfeier gewesen, beim Auspacken des Julklappgeschenks. Nur durch einen Vorhang vom übrigen Barbetrieb getrennt, mußte ihre Bemerkung trotz betäubender Discomusik verstanden worden sein. Seitdem überließ man ihr die schwierigen und unangenehmen Sachen. Bei Salben und Zäpfchen schien sie der Alleinhersteller zu sein.

Karin wischte sich die wasserfeuchten Hände am Kittel trocken und gab Sirup, Mucilago und Pomeranzentinktur zum Flascheninhalt dazu, anschließend das gelöste Natriumacetat. Ergänzte mit Aqua und drehte den Schraubverschluß aus Plaste vorsichtig fest.

Das ausgefallene OTC ergibt eine Suspension, die vor Gebrauch generell aufzuschütteln ist. Beim Etikettieren ist die graphische Fixierung dieses Umstandes unerläßlich, sagte sie in dozierendem Ton zu sich selbst. In den ersten Nachtdiensten hatte sie, neugierig wie sie war, mit zunehmender Enttäuschung allerdings, die in der Schrankwand aufgereihten Buchbestände durchforstet. In Hagers »Handbuch der Pharmazeutischen Praxis« entdeckte sie Etiketten aus der ehemaligen Borussia-Apotheke, mit denen sie ihre selbstgemachte Marmelade beschilderte. Wahrscheinlich war damals ihre Leidenschaft für pharmazeutische Gebrauchsgegenstände geweckt worden. Gewürze zerrieb sie seitdem nur noch mit Mörser und Pistill, Mensuren dienten als Küchenmaße und Standkolben, Bechergläser und Pyknometer verdrängten die Vasen. Nach zwei Jahren Sammeltätigkeit hatte es Krach mit Torsten gegeben. Das erste schwere Zerwürfnis in ihrer Ehe wurde mit einem Kompromiß beendet: Einen Teil der Kollektion schenkte sie ihrer Schwägerin zur Hochzeit, der Rest wanderte, sorgfältig verpackt, in den Keller.

Es klingelte. Karin drückte das ausgeschriebene Etikett an die braune Flasche und ging durch die Offizin zur Tür. Ihr anfänglicher Ehrgeiz, vom Aussehen und Auftreten der Kunden ihre möglichen Wünsche abzuleiten, war einem verborgenen Desinteresse gewichen; Flucht in distanzierte Freundlichkeit als Selbstschutz. Sie verstand nicht, warum ein gelegentliches Verstummen ihrerseits als Beleidigung aufgefaßt wurde. Als persönliche Niederlage empfand sie solche Reaktionen, die ihr den Schweiß aus allen Poren trieben. Erst am Abend wurde dieser kalte, klebrige Aussatz abgespült. In der Duschkabine unter Strahlen, die nach der Empfehlung ihrer

Mutter scharf und frostig sein sollten. – Bisher hatte sie auf dieses Gefühl jedoch verzichtet.

Wie ihr der Handverkauf zuwider war. Diese ewigen Fragen, der Verweis auf andere Apotheken. Jetzt, in der Grippezeit, gab es nicht mal mehr Hustentropfen. Sollte sie bei schniefenden Nasen und heiseren Stimmen entschuldigend ihre begrenzte Lagerkapazität anführen, die Unfähigkeit der Industrie, sich einem Mehrbedarf anzupassen, der zweimal im Jahr in boshafter Regelmäßigkeit nicht nur die pharmazeutische Planwirtschaft durcheinanderbrachte. Aber die Erklärungen für auftretende Engpässe waren vorgeschrieben.

Karin schloß die Luke mit einem unwilligen Ruck und schob den Riegel vor. Das Donnern der U-Bahn ließ die Glastür leise klirren. Im Schein der Neonreklamen fuhr langsam eine Polizeistreife vorbei. Vor sechs Wochen hatte ein Betrunkener die Schaufensterscheibe zerschmissen. Karin blickte auf die tiefen Schnitte in den Monsterablättern, die von den Glassplittern stammten. So mußte es in ihr drin aussehen.

Gemocht hatte sie die Enge und vulgäre Schnodderigkeit dieser Gegend nie. Torsten zuliebe war sie hierher gezogen. Sie konnte sich nicht mehr an den Namen des Großbetriebes erinnern, in dem er anfangs beschäftigt war. Die Verbindung zur Arbeitsstelle wäre für ihn günstig, eine Apotheke für sie zu finden kein Problem. Nicht mal die eigene Wohnung hatte sie gereizt. Es gehörte inzwischen zum guten Ton, in diesem Kietz zu wohnen, stolz auf Hinterhausblicke zu sein, rekonstruiert oder durch

Bürgerinitiativen verschönert. Liedermacher und Schreiber vereinnahmten das Thema. Staatliches und privates Hofieren der Höfe; diese Einheitsfront wurde nur manchmal unwesentlich gestört: Abrisse konnten zum Streitpunkt werden. Dabei war sie die letzte, die dafür Interesse aufbrachte. Die verurteilten Gasometer hatte sie auf ihrer Fahrt zur Arbeit das erste Mal bewußt in einem Zustand wahrgenommen, der das zukünftige Schicksal ahnen ließ: sprenglöcherbewehrt und abgedeckt mit Bündeln junger Kiefern. Und einer ihrer kurz darauffolgenden Sonnabenddienste hatte ihr eine Begebenheit beschert, die Torsten als »unauslöschliches Erlebnis« bezeichnete.

Gegenüber dem Bahnhof, eng an das Brückengeländer gepreßt, wo sonst nur drei zerzauste Weihnachtsbäume ihre Kugeln der Zerstörung feilboten, stand eine unruhige Menschenmenge. In einer Seitenstraße Lkw mit Bereitschaftspolizei. Hinter dem Taxistand ein Krankenwagen. Als sie die Prenzlauer Allee hinunterging, holte sie ein mehrmaliges dumpfes Dröhnen ein. Zurück blieb ein Ruinenrest für hungrige Alternativfotografen. Die S-Bahn quälte sich durch den Staub der letzten Detonation. Der Platz für neunhundert Wohnungen war freigesprengt.

Karin ging in das Nachtdienstzimmer zurück. Sie würde sich in der »Stumpfen Ecke« zwei Paar Wiener und ein Kännchen Kaffee holen. Sie war zu faul, sich in der Spülküche im Keller einen Türkischen zu brühen. An manchen Abenden fand sie nicht den Mut hinauszugehen, denn auch ihr Kittel schützte sie nicht vor zotigen Anspielungen und Einladungen. Die Kellner kannten sie schon, und meist wurde sie schnell und unauffällig bedient.

Ihre Restaurantbesuche in den letzten Jahren beschränkten sich auf die Nachtdienste: Frauentags- und Weihnachtsfeiern ausgenommen. Der letzte Versuch mit Torsten war Karin in schlimmer Erinnerung geblieben. An jenem Silvesterabend hatte sie nichts Unmögliches verlangt. Der Wunsch, einmal gut essen zu gehen, schien ihr auch nach über zehn Jahren Ehe zu den durchaus normalen Bedürfnissen zu gehören. Da sie Torsten nicht überfordern wollte, hatte ihr eine Kollegin Plätze besorgt. Begleitet wollte sie werden, in seinem entschiedenen Auftreten Geborgenheit suchen. – Mit Mühe und einem Gefühl der Unterlegenheit hatte Torsten den Trabant in eine Lücke zwischen zwei größeren Wagen gezwängt. Die Nummernschilder signalisierten unlauteren Wettbewerb. Die Schlange vor dem Restaurant bestärkte Karin in dem Vorsatz, sich den Abend nicht verderben zu lassen, ihren Abend. Sie hatte Torsten an Nappaleder, dem Duft von Poison und schillernden Haarsträhnen vorbei zu der bewachten Tür geführt. Ein Name genügte. Begleitet von dem Grinsen des bärtigen Einlassers waren sie in ein mattes Dunkel getaucht. – Sie waren herablassend bedient worden und hatten lange auf die Rechnung warten müssen. Torstens Gleichmut konnte sie rasend machen. Als auf der Rückfahrt der Sicherheitsgurt an ihrem Sitz nicht einrastete, war die Wut aus ihr herausgebrochen. Erschrocken über ihre Unbeherrschtheit reagierte sie heftiger als beabsichtigt.

Der Restaurantbesuch war nur der Auslöser gewesen. Über die wirklichen Gründe mochte sie nicht nachdenken.

Torsten konnte sich in seinen technischen Basteleien vergessen. Und je öfter er sich hinter Leiterplatten, Schaltplänen, Kolophonium und den zischenden Dämpfen des Lötfetts versteckte, desto gereizter wurde sie. Zugute kamen ihr seine Pusseleien ebenfalls, das durfte sie natürlich nicht vergessen: Die Zeitschaltuhr für den Ölradiator im Bootshaus, die Gegensprechanlage zwischen Küche und Keller. Ich bin jederzeit zum Essen abrufbar, hatte Torsten stolz erklärt. Auf die Idee, daß sie auch einmal die Abzurufende sein wollte, kam er nicht.

Die kurze Zeit, als er technischer Leiter einer Klubgaststätte war, hatte einige Abwechslung in den Gleichlauf ihres Alltags gebracht. Torsten mußte Bereitschaftsdienste bei Großveranstaltungen übernehmen, dadurch war sie zweimal zu einem Faschingsball gekommen. Seine Abwesenheit während der stündlichen Kontrollgänge hatte sie nicht im mindesten gestört. An Wochenenden lud sie sich manchmal selbst zum Mittagessen ein, zog ihn sanft, aber bestimmt aus dem Mitarbeitertrakt in den großen Speisesaal, wo Olga, ihre Tochter, meist schon an einem der Tische saß, eifrig bemüht, sich eine Papierserviette in den Ausschnitt ihres Kleidchens zu stecken.

Karin nahm ihren Schirm und ging zur Kneipe hinüber. Die Frau hinter dem Tresen sah zeitlos aus. Das Übliche?, fragte sie. Ihr verkniffener Mund glättete sich ein wenig. Die verätzte Stimme verlor nie ihre aggressive Vulgarität. In der Ecke neben der Tür zu den Toiletten saß ein schmuddliges Pärchen. Ihre hageren Finger umklammerten wärmebedürftig die bauchigen Groggläser. An der Wand lehnten zwei Bananenkisten. Blumen oder Petersilie werden sie am Bahnhof verkauft haben. Wenn Karin vom Spätdienst kam, wurden ihr häufig die letzten Sträuße entgegengehalten; welk und von alkoholzitternden Händen unsanft geschüttelt. Für ihre Abneigung konnte sie nichts. Karin zahlte. Die dampfenden Würstchen auf dem Tablett machten sie hungrig. Zwei Paar.

*Bilumie.* Die meisten Kranken überfällt täglich oder mehrmals täglich eine Heißhungerattacke. Dabei verschlingen die Bilumie-Opfer bis zu zehntausend Kalorien auf einen Schlag, der Bedarf für gut drei Tage. Die Kranken sind nicht alle dick, denn zwei Drittel erbrechen regelmäßig nach dem Freßanfall. Nicht selten wechseln sich Essen und Erbrechen mehrmals ab.

Den Zeitungsausschnitt hatte ihre Mutter nach einem ihrer Ansicht nach viel zu fetten Essen auf dem Küchentisch zurückgelassen, als besorgte Mahnung, die Karin ausgemacht boshaft vorkam. Zwei Tage später wurde sie ins elterliche Badezimmer gerufen. Ihre Mutter lag, mit Wattetupfen vor den Augen, unter ihrem Minisolarium, um sich für den Sommerurlaub vorzubräunen. Auf den Toilettendekkel verbannt, mußte sich Karin einen Vortrag über den Zustand ihres Körpers anhören: Ihr flaches Gesäß verstärke den Eindruck eines Bauches, der Speck an den Hüften mache sie unnötig breit. Aber ohne eine stetige Lust auf sich selbst sei da nichts zu ändern.

Karin trat auf die Straße hinaus. Eine Militärkolonne fuhr stadtauswärts. Viele der Fahrzeuge waren mit unförmigen Planen verhüllt, die jedes Geräusch zu verschlucken schienen. Für einen Augenblick wünschte sie sich Torsten herbei, doch bei seinem zweimaligen Besuch war es geblieben. Sie erklärte ihre ausdrückliche Bitte, nicht mehr zu kommen, mit der Verletzung der Dienstvorschrift, mit ihrer Angst, die Putzfrau könnte versehentlich eine viertel Stunde eher anfangen. Ihr eigentlicher Grund aber war Enttäuschung. Mehr Kraft hatte sie sich von ihm erhofft, diese Nächte durchzustehen, Zuversicht allein durch seine Anwesenheit. Doch was sie am wenigsten brauchte, war Mitleid und die gespielte Freude, ihr einen Gefallen zu tun.

Karin aß die Wiener und trank den lauwarmen Kaffee. Diese Freßlust verfolgte sie nun schon lange. Angefangen hatte das Übel mit einer Ansprache ihrer Mutter vor zwanzig Jahren, in der sie die Vorzüge vegetarischer Kost zu einer Weltanschauung machte und verkündete, von nun an allem Tierischen in ihrer Küche zu entsagen. Karin hatte protestiert, in ihrem Vater mit seinem kranken Magen aber keinen Bündnispartner gefunden. Die Großmutter in der Mansardenwohnung zwei Treppen höher wurde zur Vertrauten. Wie Verschwörer hatten sie sich gefühlt, wenn die Buletten in der Pfanne brutzelten. Bald wurde ihr Vergehen entdeckt, doch weder Ermahnungen, Kalorientabellen über ihrem Bett noch strenge Verbote bewirkten etwas. Oft hatte sie die Markstücke, die ihr die Großmutter zusteckte, in Currywürsten angelegt. Der Kiosk am Rande des Parks zog sie magisch an. Ihr Bruder Frank machte sich einen Spaß daraus, sie auf ihren Freßtouren heimlich zu verfolgen. Im Dunst von verbranntem Fett und dem säuerlichen Geruch verschütteten Bieres tauchte sein schadenfrohes Gesicht auf. Noch im Bann der knusprig scharfen Reste auf ihrem Pappteller, sah sie der wortlosen Verachtung zu Hause gelassen entgegen. Die Mutter hatte ihren vegetarischen Fimmel schnell aufgegeben, doch Karins Heißhunger blieb.

Karin öffnete eine Stahltür und stieg die steile Treppe hinunter, ging durch die Galenik und das Arzneimittellager bis zum Heizungskeller. Die große Kohlenschaufel handhabte sie ungeschickt. Sie prüfte die Temperatur, sperrte die Klappe auf und schüttete feuchtbraune Klumpen in die stiebende Glut. Einen Zuschlag fürs Heizen zu verlangen, daran hatte noch niemand gedacht. Von der Verbesserung der Lebensqualität wurde gesprochen. Stets freundlich und zuvorkommend bei verlängerten Öffnungszeiten, dies war der Slogan in allen Versammlungen. Sich als Apostel sozialistischer Verkaufskultur aufzuspielen, blieb anderen vorbehalten. Einmal täglich beim Handverkauf richtig aus der Haut zu fahren, das stand schließlich jedem zu. Die alten Leute waren manchmal ganz schön zickig, und in ihrer trotzigen Streitsucht hielten sie den Betrieb gewissenlos auf. – Aber die Frau Doktor hat mir ausdrücklich zugesichert … Ich nehme dieses Präparat nun schon über zehn Jahre und verstehe nicht …

Uschi, ihre Kollegin, flüchtete sich in Grimassen hinter ihrem Rücken. Das entspannte.

Karin schaute auf die Uhr in der Offizin. Bisher war es relativ ruhig geblieben. Nur einem Mann, der seinen Hund ausführte, fiel plötzlich ein, nach Zellstoff zu fragen. Sie nahm einen Stapel verdruckter Spielkarten vom Tisch und mischte sie. Der Ausschuß aus Altenburg diente ihnen zum Auskratzen der Salbenschalen. Sie zog eine Herzdame, deren verzerrtes Gesicht sie erschreckte. Vom Kartenlegen verstand sie nichts. Ihre Zukunft mußte sie sich nicht weissagen lassen, die wurde von der Mutter bestimmt. Aus der Sicherheit ihres zentralbeheizten Zimmers schaute Karin zu ihrem Bruder empor, der zum richtigen Zeitpunkt immer das Rechte zu sagen wußte. Aus dem Schatten seiner Tugenden vermochte sie nie herauszutreten. Als Spielkameradin kam sie nicht mehr in Frage, dazu war der Altersunterschied zu groß. Vergeblich hatte sie mit kindlichen Geschenken um seine Zuneigung geworben, eifersüchtig seine Schritte überwacht, um die dunklen Seiten dieses ihr auferlegten Vorbilds zu ergründen. Seine Unfehlbarkeit ließ ihr Interesse langsam schwinden. Weder brachte er Mädchen mit nach Hause noch richtige Freunde, die sich unter dem Tisch verschwörerisch anstießen und bei einer verbotenen Zigarette gemeinsam Streiche ausheckten. Der ewig verschnupfte Sohn des Klempnermeisters, auf dem die Mutter aus praktischen Erwägungen bei den Geburtstagen bestand, war gar nicht nach ihrem Geschmack. Von den Klassenbesten ganz zu schweigen, die sich jeden Mittwoch zur Erledigung der

Hausaufgaben versammelten, und denen sie Kakao und Kuchen bringen mußte. Nicht mal der Blick durchs Schlüsselloch gab diesen Treffen etwas Geheimnisvolles. Oft nahm sie sich dann ein Buch und stapfte zur Großmutter hoch. In der engen Küche mit den schrägen Wänden ließ sie sich vorlesen, die Büchse mit Süßigkeiten auf ihren Knien, von der die Mutter nichts wissen durfte. Eine Tüte mit rissig harten Gummischlangen weit hinten in einem Kommodenfach erinnerte sie Jahre später noch einmal an diese Zeit, als sie nach dem Tod der Großmutter die Wohnung für Frank ausräumten.

Karin begann den Notdienstkoffer zu packen. Man wußte nie, wann der Arzt kam. Dann brauchten nur die Formalitäten erledigt zu werden, das andere war Sache des Frühdienstes. Sie mußte bloß aufpassen, daß alle Formulare unterschrieben wurden. Bei der Überprüfung der Suchtmittelbücher konnte das sonst unangenehme Folgen haben. Aber von solchen Kontrollen erfuhr man ja doch irgendwie vorher. Karin wechselte die Batterien der Taschenlampe aus und schlug das Fieberthermometer herunter, füllte Ampullen und Zäpfchen auf, holte Holzspatel aus dem Lager und eine Flasche mit benzinvergälltem Alkohol.

Dabei mußte sie an die Stationsbegehung am nächsten Vormittag denken. Ihre Apotheke war für die Kontrolle des Krankenhauses im Stadtbezirk verantwortlich. Einmal im Jahr fand ein Rundgang statt und ausgerechnet nach ihrem Nachtdienst. Mit Uschi hatte sie sich das immer gut geteilt. Mehr als Stichproben waren sowieso nicht drin: Belehrungsbücher, Gebrauchsanweisungen, Lagerbedingungen. Im Grunde ließ es sie gleichgültig, ob Butter und Marmelade im Kühlschrank neben Ampullen und Impfstoffen lagen. Guten Appetit konnte sie da nur sagen. Wenn sie zügig arbeiteten und früher als geplant fertig wurden, sprang noch ein Einkaufsbummel heraus. Der Verkaufsraum einer Täschnerwerkstatt gehörte zu ihrem festen Programm. In das Stampfen von Maschinen äußerten sie ihre Wünsche nach farbigen Lederresten, die kiloweise abgegeben wurden. Karin traf sich regelmäßig mit Uschi, um Flickentaschen zu nähen, Schlüsseletuis, Untersetzer und Lederschleifen zu basteln. Als Uschi versuchte, ihre Gemeinsamkeit auf die ganze Familie auszudehnen, hatte sie nicht mit Torstens Widerstand gerechnet, der den geplanten Zusammenkünften einfach fern blieb. Die Beziehung zu Uschi hatte darunter zeitweilig gelitten, doch bis zur nächsten Lederaktion war ihr Einvernehmen wieder hergestellt.

Karin ging in den Aufenthaltsraum zurück, schaute in der alten Teebüchse nach, ob der Schlüssel zum Giftschrank an seinem Platz lag, stellte den Telefonanschluß von der Rezeptur auf ihr Zimmer um und nahm zwei von den Vitamin-B-1-Tabletten, die sie sich selbst verordnet hatte. Wenn die Wirkung anhielt, die Kur überhaupt Besserung brachte, müßte sie Olgas Geburtstag ohne große Nervenbelastung überstehen. Der achte wird bei mir gefeiert, und das ohne Widerrede, hatte ihre Mutter im Vorjahr kategorisch erklärt, Kinderspiele im Garten des Zweifamilienhauses versprochen, Würstchen vom

Grill und ein Lampionfest zum Abschluß. Karin war geschlagen. Und mit ihr Mike, der Sohn ihrer Nachbarin, Olgas unermüdlicher Kaufmannsladenkunde und gelegentlicher Einschlafgast – wenn die Kneipentouren seines Vaters wieder intensiver wurden, er zu Hause randalierte und im Suff auch mal zuschlug. Frau Pelzers Bitte, Mike doch für eine Nacht zu nehmen, ließ Außenstehende nichts davon ahnen, was sich in ein, zwei Stunden abspielen würde. Es klang nach Theaterbesuch, einem Fest bei Bekannten, das etwas länger dauern könnte. Wie Frau Pelzer die kritischen Tage herausfand, blieb Karin ein Rätsel. Der Beweis für ihren Instinkt war durch die Wand zu hören. Ein letztes dumpfes Poltern nach all dem Zetern und Klirren, dann kehrte Ruhe ein.

Einmal hatte Frau Pelzer Karin zum Kaffee eingeladen; in eben jenes Zimmer ehelicher Auseinandersetzungen. Sie hatte ihr das Du und die Kurzform Walli angeboten. Karin schaute auf den Stuhl, von dem der Bauleiter Pelzer regelmäßig fiel. – Ich schiebe ihm ein Kissen untern Kopf. Dann pennt er bis morgens durch. – Die zehn Jahre Altersunterschied waren es wohl nicht, weshalb sie von dem Du noch keinen Gebrauch gemacht hatte.

Karin schaltete den Fernseher ein. Die Thielen, die gerade zum 70sten ihrer Großmutter in Hamburg war, schien jede Woche die Vorschau zu sehen. Ihre Westprogrammempfehlungen standen wie kleingedruckt zwischen den Zeilen in der Fernsehzeitschrift. Karin mußte an die mit Heftpflaster überklebten Tasten des Fernsehers im elterlichen Wohnzimmer denken. Dieses Pflaster heimlich zu erneuern, das Verbot zu brechen, war ihre Idee gewesen; an den wenigen Tagen, an denen ihre Mutter nachmittags Unterricht gab. Der Grund ihrer Auflehnung war: Sie wollte mitreden, nicht zum Gespött der Klassenkameraden werden. Die Schule konnte sie sich leider nicht aussuchen. Die Englischlehrerin in der Siebenten ebensowenig: Frau Zobel, die eigene Mutter. Zum Glück nur ein Jahr. Wie auch immer sie es geschafft hatte – ihre Mutter wurde auf einem Appell vom Direktor in Ehren aus dem Schuldienst entlassen. Euer Vater hat da gedreht, mehr war nicht zu erfahren. Als zugelassene Übersetzerin für Englisch und Französisch brach ein neues familiäres Leben an. – Mutter hockt immer in der Wohnung. – Das war der häufigste Satz, auch des Bruders. Karins Unlust, nach der Schule nach Hause zu gehen, trieb sie an Markttagen auf den kleinen Platz vor der Kirche, zu dem Gemüsestand, an dem die Großmutter stundenweise aushalf. Karin durfte auf einer der leeren Kisten thronen, Blätter vom Blumenkohl abschneiden und sogar kassieren, wenn gerade mal Flaute war. Für die paar Mark im Monat solche Dreckarbeit machen, Karin verstand den Ärger ihrer Mutter nicht.

Sie sagte es niemandem, aber sie war von den fremdsprachlichen Qualitäten ihrer Mutter nicht sonderlich überzeugt. Deren Selbstlob hatte sie mißtrauisch gemacht. Die Einmaligkeit ihrer Leistung stand von vornherein fest. Messewerbetexte wurden zu Dokumenten höchster Wichtigkeit. Die Inhaltsübersichten zweier pädagogischer Fachzeitschriften schienen Nachdichtungen im Schwierigkeitsgrad zu übertreffen. Der Vater, ein anerkannter Sprachwissenschaftler, hielt sich wohlweislich zurück.

*Und wie steht's mit deinem Triebleben Pa?* Das College-Kid im Fernsehen hatte ihm ihre spitzen Brüste provozierend entgegengestreckt. In schwarzweiß sah das aufdringlich genug aus. Eine ähnliche Frage stellte ihr die Mutter in regelmäßigen Abständen. – Wenn im Bett alles klappt, ist schon die Hälfte gewonnen. – Vor der Mutter würde sie ihr Sexualleben zuallerletzt ausbreiten. Wie gut kannte sie denn ihre Eltern? Vielleicht war sie nur ein Ausrutscher gewesen. Gewußt hätte sie schon gerne, wo und unter welchen Umständen sie gezeugt worden war. Nie hatte sie Anzeichen gemeinsam verbrachter Nächte entdeckt. Solange sie denken konnte, standen die elterlichen Betten in unterschiedlichen Zimmern. Was wollte die Mutter mit ihren taktlosen Fragen, sich an ihren Schilderungen weiden, sie mit klugen Reden herauslocken aus ihrem angeblichen Versteck. Wie konnte sie, Karin, überhaupt anziehend auf einen Mann wirken. Die Mutter hatte es ihr oft genug bewiesen, am liebsten durch direkten Vergleich.

Auch wenn du nicht magst, gib nach, wenn es irgend geht. Und tu, als ob du unheimlich glücklich danach bist, das stärkt sein Selbstbewußtsein. Wenn sich solch eine kribblige Unzufriedenheit einstellt, weißt du Bescheid.

Die Details konnte Karin selber liefern. Sie hatte da ihre Indikatoren, die sich im Abstand von drei bis vier Wochen mit Sicherheit zeigten. Die Brotscheiben abends, die Torsten mit dem Sägemesser freihändig schnitt, zählten dazu, gleichmäßig dünn und ohne nennenswerte Anschnittverluste. Auf einem Holzbrett wurden nach eingehender Befragung drei Stapel sorgfältig ausgerichtet. Dann plötzlich war das Messer nicht mehr scharf genug, das Brot zu frisch. Schief oder in Wellenlinien grub sich die Klinge ein, rutschte nach den ersten Schüben ab. Bröckeleien nannte Olga das wahllos auf einem Brotteller verstreute Resultat. – Wenn Karin sich wortlos auf ihn legte, dann nicht nur mit der Absicht, Torsten dieses unstete Beben zu nehmen. Gewollte Zärtlichkeit war auch dabei. Und häufig war es einfach Dank, den sie in der ihm verständlichsten Art ausdrückte: für Nächte, die sie neben ihm in unbelästigter Geborgenheit verbringen durfte.

Karin drehte den Lautstärkeregler zurück. Dieses sterile Studiostöhnen widerte sie an. Doch den Bürgern mußte als Ausgleich für Alltagsmonotonie und Leistungsdruck was geboten werden. – Nicht mal sich selbst gegenüber war sie aufrichtig. Warum hatte sie bei bestimmten Szenen immer in der Küche zu tun. Die Flasche Bier, die sie aus dem Kühlschrank holte, war ein mehr als kläglicher Vorwand. Befürchtete sie, Torstens heimliche Erregung mitzuerleben, die ihren dreiwöchentlichen Rhythmus durchbrechen könnte? Kindisch, sich mit Leuten zu vergleichen, die für ihre Gagen alles vollführten, was künstlerisch notwendig erschien. War sie eifersüchtig auf ein paar knackige Mattscheibenärsche und andere entblößte Körperstellen, Befummeleien eingeschlossen? Karin lachte trocken auf.

Ein wenig mehr das Gefühl, ihn halten zu müssen, und die Einstellung deinem äußeren Erscheinungsbild gegenüber würde sich grundlegend ändern. – Auch so ein Mutter-Argument.

Einen zweiten Frank wollte sie haben. Einen Schwiegersohn, der sie nicht nur geistig anzog, der jede demütigende Anpassung in einen Erfolg für sich verkehrte, Kritik genau dosiert und zum richtigen Zeitpunkt einsetzen konnte – zur günstigsten Selbstdarstellung, wohlgemerkt. Und Karin brachte einen Elektroinstallateur an. Torsten hatte damals während ihres Praktikums in der Apotheke die elektrische Anlage erneuert. Beim Einfassen, dem morgendlichen Auffüllen der Regale, sah Karin ihn hoch über sich die häßliche Kabelverkleidung aus Plaste an die Wände heften. – Die männliche Ruhe, die von ihm ausging, hat mich fasziniert. – Das ästhetische Empfinden der Mutter wollte sie rühren. Ohrfeigen hätte sie sich können. Nach einigen frostigen Begegnungen zwischen Torsten und den Eltern war ihr der Mut genommen worden. Gegen die familiäre Einhelligkeit kam sie nicht an. Die abschreckende Methode, distanzierte Höflichkeit, wurde nicht das erste Mal erprobt. Doch Torsten war für diese Feinheiten viel zu grobschlächtig.

Karin hatte einfach aufgegeben und die Beziehung zu Torsten einschlafen lassen. Das Meißner wurde wieder genommen, die Sitzecke im Wohnzimmer bezogen. Der Platz in der Küche blieb den Handwerkern vorbehalten, dem Fensterputzer für einen schnellen Kaffee oder dem Kohlenmann, der Koks außer der Reihe brachte.

Das Telefon klingelte. Nicht selten war sie versucht, mit einem kurzen »falsch verbunden« aufzulegen. Es wäre nicht das erste Mal, um zweideutige Gefälligkeiten gebeten zu werden. Doch bei Zahnschmerzen brauchte man keinen Hinterhalt zu vermuten. Mit Gelonida konnte sie leider nicht dienen, da mußte er sich beim Notarzt schon um ein Rezept bemühen. Acesal oder Bombastus sedative empfahl sie. Natürlich ohne Gewähr. Also gut, in etwa zwanzig Minuten.

Karin ließ sich in den Sessel zurückfallen. Ohne Ton kamen ihr die Nachrichten viel bedrohlicher vor. Die vertrauten Interpretationen fehlten. An die Hand wollte sie genommen und sicher durch die Meldungen geleitet werden, die schwer vorstellbaren. Torstens Interesse blieb auf Lokales beschränkt. Faßbar mußte es für ihn sein und mit einer, wenn auch geringen Chance des Einflußnehmens. Karin zog Holzlatschen und Söckchen aus und legte ihre Füße auf die Kante des Couchtisches. Schaute man ihre schlanken Beine an, möglichst vom Knie abwärts, kam man zu völligen Fehlschlüssen hinsichtlich ihrer Figur. Sie spreizte ihre Zehen. Die leichte Krümmung bei dem linken mittleren war das einzige Andenken an Stephan. Stephan Mahn. Dr. Stephan Mahn. Beiläufig fiel der Name am Kaffeetisch. Der jüngste Nachwuchskader in Vaters Mitarbeiterstab bereitete ein Fachbuch für konfrontative Linguistik vor.

Den Schirm etwas linkisch über den einst lockigen Kopf ihres Vaters haltend, in dieser Pose hatte Karin Stephan kennengelernt. Großmutters Mansardenwohnung wurde hergerichtet, bis sich Geeigneteres gefunden hätte. So aktiv und begeisterungsfähig war der Vater zu Hause lange nicht gewesen. Dem einzigen Sohn einen guten Start ermöglicht zu haben, reichte ihm anscheinend nicht mehr. Über den beruflichen Ehrgeiz seiner Tochter hatte er sich nie Illusionen gemacht.

Ein halbes Jahr wohnte Stephan bei ihnen. Als perfekte Inszenierung war es Karin vorgekommen, als ein elterliches Komplott, die letzte große Verschwörung, um ihr soziales Image zu heben. Der krumme Zeh erinnerte sie daran, daß sie naiv genossen hatte. Zum Beispiel den Skiurlaub im Riesengebirge. Nicht als solcher bemerkt, war der Bruch schief zusammengewachsen. Sechs Monate lang hatte sie unbewußt gelebt, was sie später durch eigene Schuld vermißte. Eine Anstrengung ohnegleichen war ausschließlich ihretwegen unternommen worden. Der Vater überwand sich und begleitete die Familie ins Theater. Zusätzliche Geldquellen für Kurzausflüge nach Prag und Budapest taten sich plötzlich auf. Veröffentlichungen, langjährige Kontakte, murmelte der Vater nur. Und Stephan? Mit höflicher Selbstverständlichkeit nahm er die ihm aufgedrängte Rolle an. Saß abends beim Mokka, mit »Schwager« und »Schwiegervater« in wissenschaftliche Dispute vertieft. Mit derselben Beflissenheit widmete er sich auch Karin. Er nahm sie leidenschaftslos. Und sie nahm sein Nehmen hin, den Ratschlägen der Mutter folgend.

Wie sich alle um ihr Glück bemühten. Der Fähigkeit, jemanden zu enttäuschen, wurde sie erfolgreich entwöhnt. Der Umschwung kam abrupt und für sie unerwartet: aus ihr selbst. Körperliche Überanstrengungen sowie psychische Überforderungen können zum Ausbleiben der Regel führen, las sie. War es die Angst, mit der ihr auferlegten Rolle sich selbst völlig zu verlieren? Oder war der Zeugungsakt in ihrer Abwesenheit bereits besprochen worden? Bei ihrer Flucht zurück in Torstens Arme kam ihr das Pfingstfest wie gerufen. Der feiernden und marschierenden Jugend war pharmazeutischer Beistand zu leisten und deshalb Urlaubssperre verhängt. Nie wieder hatte sie sich einem Verbot so leidenschaftlich unterworfen. Torsten empfing sie, als sei sie gerade vom Einkauf zurückgekommen. Vierzehn Tage blieb sie von zu Hause fort, bis vermittelnde Bruderworte sie zur Rückkehr bewegten. Stephan Mahns Auszug hatte sie verpaßt. Des Aspiranten Grüße – und haltlose Hoffnungen – standen auf gelblichem Papier, verätzt von filzstiftschwarzen Wortgeschwüren.

Mit Olga im Bauch hatte Karin zumindest einen Waffenstillstand erzwungen. Ihre Forderungen, was die Behandlung von Torsten betraf, wurden stumm akzeptiert. Denn daß sie sein Kind austrug, ließ sie außer Zweifel. Nur manchmal überkam sie diese erregende Unsicherheit, die mit nichts zu vergleichen war und die sie für sich behielt. Dann nahm sie sich von Olga, was sie gerade brauchte: einen Blick, eine Geste, Unmutstränen oder Freudenschreie, um sich in eine Ungewißheit zu stürzen, die ihr in betäubend schnellem Wechsel den einen wie den anderen Mann als Vater suggerierte.

Es klingelte. Während Karin sich die Socken anzog, wartete sie auf das zweite Klingeln. Am Abstand konnte man die Dringlichkeit oder den Charakter der Kunden ablesen: rücksichtsvoll oder anmaßend, nervös oder scheu. Daran, wie sie vor der Luke standen, erkannte sie meist ihre Verfassung. Dicht vor der Glastür, Rezept oder Geld in der Hand, den sich auftuenden Schlitz entschlossen nutzend. Manche mußte man förmlich heranrufen und den Verdacht zerstreuen, doch noch abgewiesen zu werden. Optisch gab ihnen die Entfernung einen besseren Eindruck von dem, was sich im weißen Kittel auf sie zu bewegte.

Über die, die jetzt da draußen stand, wußte sie sofort Bescheid, die versuchte es immer wieder mal. Sie wollte einfach nicht kapieren, daß Benedorm jetzt rezeptpflichtig war. Früher hatte Karin Schlimmeres gesehen. Wenn die Süchtigen nachts auf ihren Trip gingen, blieb kein Stadtbezirk verschont, denn die Apotheken hatten sich stillschweigend darauf geeinigt, nur eine Packung abzugeben. Wie sie diesen unterwürfig bittenden Blick haßte, die Hände, die sich um die Packung krampften. Gott sei Dank war das vorbei. Karin schob die Luke zu.

Es begann wieder zu regnen. Karin beobachtete, wie sich langsam Pfützen auf dem Gehweg bildeten. Als sie über Mittag unterwegs war, um für ihre Apotheke dringend benötigte Medikamente zu besorgen, war sie patschnaß geworden. Ihr fiel das Café ein, in dem sie sich aufgewärmt hatte. Durch die Frau an ihrem Tisch hatte sie sich vereinnahmt gefühlt, in eine Richtung getrieben, in der sie sich nicht auskannte. Die Theke zwischen ihnen fehlte, die ihr Sicherheit gab. Warum schob die Frau das

Buch nur immer hin und her. Wollte sie etwas sagen? Betont kühl hätte Karin reagiert, nicht grob, das war nicht ihre Art. Doch die andere hatte nichts gesagt. Mit einer verschämten Bewegung hatte sie ihr Buch eingesteckt und war hastig und grußlos gegangen.

Wenn Karin auf die menschenleere Straße blickte, überkam sie Furcht. Sie war nicht der Typ, alleine zu sein. Bald würden die letzten Besucher aus der »Stumpfen Ecke« nebenan kommen. Mit grölenden Stimmen. Die matt erleuchteten Scheiben der Apotheke schienen eine magische Anziehungskraft zu haben. Die vermeintliche Mutprobe verebbte zu einem vorsichtigen Klopfen, das sie von dringenden Fällen zu unterscheiden wußte. Am Ende der Straße versickerten die Stimmen, vorzeitig verschluckt von Baugerüsten, Sperrmüllcontainern und Ziegelsteintürmen. In den Gesichtern derer, die als erste morgens gegen fünf zur Arbeit huschten, glaubte sie noch die Spuren der Nacht zu erkennen.

Der Anrufer mit den Zahnschmerzen würde nicht mehr kommen. Sie kannte das. Trotzdem wartete man. Jetzt erreichte sie den Punkt, an dem die Müdigkeit ihr in die Glieder kroch. Die Zähigkeit des Vaters hatte sie niemals aufbringen können. Als Kind war es ihr vorgekommen, als ob der Vater nie schliefe. Wenn sie nachts auf die Toilette mußte, fiel noch Licht aus seinem Zimmer, und morgens, ehe sie aufstand, hörte sie bereits das Klappern der Schreibmaschine. Sein Frühstück bestand aus zwei Scheiben Knäckebrot und einem Glas schwarzen Tee, das er sich, mit der Zeitung zusammen, an seinen Schreibtisch mitnahm. Vaters Stolz war Frank. Dankbar mußte sie ihrem Brüderchen für seine Existenz und für seinen Ehrgeiz sein.

Ursprünglich schien auch Karin durch ihre schnelle Auffassungsgabe und ausgezeichnete Merkfähigkeit für die wissenschaftliche Laufbahn geeignet. Der Vater kannte jemanden, der Hilfestellung zu leisten sich verpflichtet fühlte. Den normalen Apothekenalltag sah er nur als Übergang an. Wortlos hatte der Vater bei ihrer Weigerung, im vierjährigen Fernstudium den Fachapotheker zu machen, den Kaffeetisch verlassen, ihre Argumente nicht mal angehört. Er verstand nicht, weshalb sie keinen Aufstieg wollte, die mögliche Stelle im galenischen Zentrum ablehnte.

Karin drückte die Vorwahltasten. Das Bild sprang von der Fernsehuhr auf befrackte Männer über. Colour-TV-gerecht wurde der prunkvolle Saal abgelichtet. Ein Kammerkonzert zum Programm-Ausklang.

Für die Eltern steckte natürlich hinter all ihrer Widerborstigkeit Torsten, wer sonst. An ihr durfte diese Unvernunft nicht hängenbleiben, diese Gleichgültigkeit der eigenen Entwicklung gegenüber. Mit schlechtem Beispiel ging er ihr voran, seine Weiterbildung bestand im Arbeitsstellenwechsel. Vom Großbetrieb zur Klubgaststätte, vom kleinen Krauter zur Universität, der vorerst letzten Station. Karin mußte an das schmale Bücherbord in Torstens Hobbyraum denken. – Ein Handbuch für das Haus, die Anstrichfibel, Grundlagen der Holzbearbeitung, die Dokumente des letzten Parteitages im Zeitungsformat, auf DIN A 5 zusammengefaltet. Von den anderen Broschüren verstand sie nichts. Mehr hatte er nicht beigesteuert zur Ehe, die »geistigen Werte« standen in der Schrankwand im Wohnzimmer. Vergilbte Zettel in Romanen und Erzählungsbänden erinnerten sie an ihr einstiges Bemühen, ihm Lust zu machen auf das von ihr Eingebrachte und Angeschaffte in all den Jahren, ihn wegzulocken von seinen technischen Instrumenten in Kammer und Keller. Nur wenige Textstellen war sie losgeworden. Beim Lesen spürte sie, was sie Torsten antat, und er begriff nicht, daß sie ihm nichts aufzwingen, sondern sich ihm nur in der ihr einzig möglichen Art mitteilen wollte. Regelmäßig staubte sie die Bücher ab und ignorierte seine ihr zum Geschenk gemachte Neuentwicklung: den buchgerechten Vorsatz für den Staubsauger. – Wie fremd sie einander waren. Jetzt war ihr Groll echt, nicht von der Mutter hineingetragen. Sie konnte ihre Ausbrüche nicht vorhersehen, die Anzeichen blieben unbestimmt.

Vivaldi, dachte Karin und ging auf den Flur hinaus. Sie hörte eine Wagentür schlagen. Wenn der Arzt durch war, hatte sie wahrscheinlich Ruhe. Ein paar belanglose Worte, das Abgeben oder Auswechseln der Koffer, die obligaten Unterschriften ... Bei manchen hatte sie das Gefühl, von oben herab behandelt zu werden, doch diese Ärztin kannte sie. Wenn Karin wegen eines Rezeptes rückfragen mußte und deshalb bei ihr in der Praxis anrief, wurde sie nie ungeduldig oder gar patzig. Mit der zierlichen Frau, die sich vom Fahrer den Koffer tragen ließ, wollte sie nicht tauschen. Wenigstens brauchte sie nicht raus aus ihrem Bau.

Die Arbeit an der Basis sei nicht hoch genug zu bewerten. Wie sie solche Sätze ihres Bruders, der die Basis nur vom Hörensagen kannte, aufbrachten. Der Übergang vom Studium in die Forschung war problemlos verlaufen. Mit Leistungsstipendien und Auszeichnungen bedacht, hatte Frank sich der Krebsforschung verschrieben. Die Namen seiner klassischen Vorbilder, die rahmenlos in seinem Studierzimmer hingen, waren ihr entfallen. Seine Heirat erfolgte standesgemäß. Bemüht nett, mehr wußte sie zu ihrer Schwägerin nicht zu sagen. Die Mutter hätte gern dicke Freundinnen aus ihnen gemacht, doch sie zog einen vertrauten Plausch mit Uschi in der Apotheke vor, da konnte sie drauflosschwatzen, ohne jedes Wort auf die Goldwaage zu legen.

Karin blickte dem Krankenwagen hinterher. Von Mutters Wunschbild blieb nur noch das Gerippe der Familienfeste. Wenn Karin früher abends zu Frank auf die elterliche Terrasse hinauskam, das Tablett mit Kandis und schwarzem Tee auf den wackligen Campingtisch stellte, spürte sie Zuneigung. Mein großer Bruder. Die Worte enthielten etwas von Anlehnung und Bewunderung. Ganz dicht trat sie hinter den Korbstuhl, ringelte dunkle Locken um ihre Finger. Und abends im Bett in ihrem Terrassenzimmer, wenn sie das Schurren der Metallstuhlbeine auf Beton hörte, wußte sie, daß alles in Ordnung war.

Sentimentalitäten halfen jedoch nicht weiter. Feste im Familienkreis blieben ein Horror für sie, besonders, wenn es an ihr war, diese auszurichten. Torsten verkraftete das besser, nie versuchte er, sich krampfhaft auf eine Situation einzustellen. Waren sie bei ihrer Mutter, und die Gespräche langweilten ihn, verschwand er unbemerkt, ging stillschweigend und ohne Kränkung irgendeiner Beschäftigung nach. Zu tun gab es genug. Im Garten oder im Keller traf sie ihn wieder. Wurde bei ihr gefeiert, überließ sie die Vorbereitungen seiner Regie. In ihrer Wohnung war kein Ausweichen möglich. Der Gang zum Fenster, um zu lüften: Straßenlärm ließ die Unterhaltung für kurze Zeit ersterben. Inge, ihre Schwägerin, half beim Abwaschen. Der Gesprächsstoff Küche war bald erschöpft, ihre Arbeit in zwei Sätzen abgetan. Torsten brachte die Gäste hinunter. Blitzende Treppen und die verschlossene Haustür versöhnten Karin mit dieser Gegend. Des gönnerhaften Bruders Delikatkonserven verschwanden im Fensterschrank. Ihre Gereiztheit wurde von Torsten behutsam aufgesogen. Sie kannte schon die sicherste Methode, dies wieder gutzumachen.

Karin kam gerade zum Abspann zurecht. Die Violinistin wurde noch einmal voll ins Bild geholt. – Das Gehör für Musik war ihr verlorengegangen. Ihre Platten-Sammlung stammte noch aus der Studienzeit und bestand vorwiegend aus Bildungsgaben ihrer Mutter, zerschrammt durch schlechte Plattenspieler und nur sporadisch erneuerte Abtastnadeln. Wachstropfen auf den Hüllen erinnerten sie an sorglos verbrachte Abende. Als sie Torsten kennenlernte, hatten sie einander unabdingbare Ehrlichkeit versprochen, die schnell zu dem für beide befriedigenden Schluß führte, sich jeweils nur um den eigenen Geschmack zu kümmern. Beschallen nannte sie das, was Torsten trieb, bei ihm dudelte das Radio den ganzen Tag. Den Kniefall an die Jugend auf allen Wellenlängen machte sie nicht mit; nach Wetterbericht und Zeitansage begann für sie die Sendepause.

Was war von ihrer musischen Erziehung geblieben? Die Hoffnung auf Olga vielleicht. Den Namen hatte die Mutter vorgeschlagen, die damals gerade von dem Leben der großen Pianistin beeindruckt war. Bei einem Übersetzungsauftrag sei sie auf diese Frau gestoßen. Die zwanziger Jahre fielen, das Wort innovatorisch.

Mutters Oberflächlichkeit waren sie aufgesessen. – Daß es sich in Wirklichkeit um eine Violinistin gehandelt hatte, erfuhr Karin später, und sie behielt es für sich. Aus Pietät, falls das Wort nicht aus der Mode war. Um nicht mitansehen zu müssen, wie sich Mutter da herauswand.

Karins Förster-Klavier mit dem Taktell auf der weinroten Filzunterlage stand noch an seinem angestammten Platz im elterlichen Salon, wie die Mutter das Wohnzimmer großspurig nannte. Die Wasserflecken auf dem schwarzen Hochglanzlack waren Mutters Blumenliebe zu danken. In den acht Jahren, die zwischen Karins Auszug und Olgas Musikunterricht lagen, bezog sie das Klavier in ihre nie endgültigen Einrichtungspläne mit ein.

Es machte damals einige Probleme, Karin angemessen unterzubringen. Eine Pianistenlaufbahn war ihr nicht beschieden, das sah man schon ihren Händen an. Auf dem Messingnotenständer lagen noch die 100 Übungsstücke von Czerny, mit eigens für sie umgeschriebenem Fingersatz. Ihre Finger waren zu kurz für None und Decime, da hatte sich Frau Mirchandani erbarmt; der Ermahnung nicht müde werdend, die Finger locker und rund zu halten, Luftlöcher pieken zu vermeiden, bei ständig federndem Handgelenk.

Sehr geehrte Frau Zobel: Wenn Karin Weihnachtslieder, die ja alle geistlichen Gehalt haben, spielen darf, bitte unterschreiben Sie ja oder nein. Dieser Satz stand in ihrem Mitteilungs- und Hausaufgabenbüchlein, das in rotes Leder gebunden und zum weiteren Gebrauch für Olga bestimmt war. Natürlich hatte die Mutter mit ja unterschrieben.

Als das Klavier angeschafft wurde, hatte der Vater abschätzig vom Sarg aus Löbau gesprochen, sich jedoch nicht eingemischt. Nur wenn sich das Üben von Liedern, Tänzen, Fughetten und Rondos in der Adventszeit häufte, verließ er grußlos das Haus. Seinen Unmut hörte man am Knallen der Tür. Ihr erstes Konzert fand, zusammen mit anderen Musikschülern, in der Kirche statt. Frau Mirchandani hatte das organisiert. Karin konnte sich noch genau erinnern, wie stolz sie gewesen war, als sie in der hintersten Reihe ihren Vater entdeckte.

Karins letzter Eintrag, Jahre später, war ein Versprechen gewesen, das sie, trotz mehrfach praktizierter Punktediät, nie eingelöst hatte: Ab heute werde ich schlank!

Czerny Nr. 3. Auf das lose Handgelenk achten. Finger locker und rund halten … Nun also Olga. Karins verbessertes Ebenbild zu schaffen, war die Mutter im Begriff. Die ersten Anzeichen der Verweigerung zu erkennen und entschieden abzuwenden, darin wollte sie bei ihrer Enkelin mehr Überzeugungskraft beweisen.

Ihr anerzogenes Bedürfnis nach Luxus band Karin fest an das Elternhaus. Der Verkäufer im Tennisspezialgeschäft war um einige Jahre gealtert, die Handbewegung, mit der er das Gewicht des Schlägers abschätzte, jedoch dieselbe geblieben. Der weiße Baumwollstoff für einen Dress war dünner und teurer geworden. Und mit der Umbenennung der Schneiderwerkstatt in eine Nähboutique hatten die Preise merklich angezogen. Die Mutter fuhr sie mit dem Auto nach Hause; kurz bevor Torsten vom Volleyball kam.

Karin schaltete den Fernseher aus. Es war müßig, weiter daran zu denken. Ihren Nachmitternachtskaffee würde sie sich brühen und noch diese Liste abschreiben, nach der sie immer häufiger gefragt wurde. Erst gestern hatte sich wieder jemand nach den Arzneimitteln erkundigt, die man aus dem Westen mitbringen durfte. Obwohl sie nicht zu den Apotheken gehörten, die die Rezepte abstempelten, wollte sie wenigstens Auskunft geben können. Zudem änderte sich laufend etwas. Die Wick-Palette war jetzt fast vollständig vertreten, vom Inhalierstift über Schnupfenspray bis zu Formel-44. Sie hatte ihre persönliche Meinung dazu, nach der natürlich nicht gefragt wurde. Aber wichtigere Medikamente waren ebenfalls erfaßt, für die sich der Aufwand lohnte.

Karin ging vorsichtig die Treppe zum Keller hinunter, überprüfte noch einmal die Temperatur am Heizkessel und zündete in der Spülküche den Gaskocher an. Mit einem Pulverschiffchen füllte sie Kaffee in ihre Tasse.

Nur noch selten dachte sie an ihr Zimmer im Bootshaus in Schmöckwitz. Sie wußte nicht, wie es da jetzt aussah. In der ersten Zeit mit Torsten war der kleine Raum über den Bootsständen ihre einzige Zuflucht gewesen. Es roch nach Farbe, muffigem Segeltuch und nach Spiritus von ihrem Campingkocher. Als Olga groß genug war, wurde sie mit dicken Kissen und Schwimmweste in die Spitze des Faltbootes gesetzt. Torsten hatte sich damals ein zweites Kind gewünscht. – Seit sich Karins Eltern mit Torsten abgefunden hatten, Frank von zu Hause weggezogen war, fuhren sie kaum noch zusammen raus.

Nach ihren Nachtdiensten konnte Karin nie sagen, wie lange und ob sie überhaupt geschlafen hatte. Abrufbereit lag sie da. Aus Angst, den Lichtschalter nicht schnell genug zu finden, verdunkelte sie die Stehlampe nur mit einem Tuch. Das verwaschene Apothekensignum auf der Bettdecke vor ihrem Gesicht, spürte sie die Pickel auf dem Rücken, die sich in Minuten angespannten Wartens zu drükkenden Beulen auswuchsen. Nervös bedingt, lautete Inges Diagnose auf die Frage ihrer Mutter. Hilfreich gemeint, vermehrte sie Karins Groll nur. Besitzeinnehmend, so wirkte die Schwägerin auf sie: In einen flachen Bambussessel geflätzt, schien Inge sich bereits als Eigentümerin des Hauses zu fühlen. Die kommunalen Besitzverhältnisse hinderten familiäre Ansprüche keineswegs. »In unserem Haus«, war häufig zu hören. Und: »Die Mieter da oben«. An einer

Strategie, auch die erste Etage zu erobern, wurde geknobelt.

Der Ruf nach regelmäßiger Hilfeleistung in Haus und Garten erging an beide Kinder. Doch Karins Konsequenzen blieben aus. Eilfertig erbot sie sich, jeden Auftrag an Torsten weiterzuleiten, dem zu besagten Familienfesten kein größerer Gefallen getan werden konnte. Rechnete sie sich heimlich noch Chancen aus, die Familienbande zu durchbrechen? Nicht standesgemäß geheiratet hatte sie. Aber war das nicht ihre eigene Sache, ebenso wie die Erziehung ihrer Tochter? Die Urkunde über des Vaters Schreibtisch schwebte als Drohung über ihr: Des Urgroßvaters beglaubigte Teilnahme an der Preisaufgabe der Preußischen Akademie zur »Erforschung und Darstellung der Geschichte der Autobiographie«. Das war im Jahre 1900 gewesen. Sie brauchte nicht nach weiteren Zeugnissen ihrer Unzulänglichkeit zu suchen; als Zweitgeborene, mit dem Attribut »schwach« behaftet.

Ihr Aufschrecken morgens beruhte meist auf einer Verwechslung. Sie sollte endlich ihren eigenen Wekker mitbringen. Für Sekunden nahm sie den Geruch der Apotheke an sich wahr, den Torsten nicht mochte. Sie stand auf, ohne sich zu strecken und zu rekeln. Sehnsüchtig dachte sie an den häuslichen Frühstückstisch, an Mutters Nußnougatcreme, die Olga zu ihrem Ärger immer löffelweise aß. Doch sie mußte jetzt ihre sieben Sinne für die Übergabe an Frau Stock zusammennehmen: Schlüssel, Kasse, den Stundennachweis gegenzeichnen lassen. – Und das alles für nicht mal fünfzig Mark.

Karin saß auf der Kante der Klappcouch, die zusammengelegte Bettwäsche neben sich. Sie hörte, wie die Putzfrau Wischwasser in das Toilettenbekken goß. Schräg gegenüber im Hof sprang ein Aggregat an. In einer halben Stunde würde sie ihren Beutel nehmen, fürs Frühstück zwei Schusterjungen beim Sachsenbäcker, der für seinen Stollen bekannt war, kaufen und zurück zu ihrer Apotheke gehen. Wenn sie sich beeilte, traf sie an der Haltestelle, an der sie täglich ausstieg, den Musiker, der je nach dem Grad ihrer Zerschlagenheit aus einem Nachtclub kam oder zu den ersten Konzertproben ging. Und manchmal, aber das geschah selten und war kaum wert, es selbst zur Kenntnis zu nehmen, stellte sie sich dicht an diesen Mann heran. Und während sie beflissen den Fahrplan studierte, glaubte sie leise Töne zu hören. Die nahm sie mit sich fort, durch Straßenlärm und Kundengezeter, dem Feierabend entgegen.

Weshalb saß sie hier noch. Das Telefon läutete. Die Mutter mochte warten. Von Auflehnung konnte keine Rede sein, überfällige Notwehr war das. Der Schalter verlegte Mutters Neugier in die Rezeptur. Sie hatte ihren Dienst beendet. Frau Stock, das Telefon.

# Inhalt